오늘은 오늘의 하루

2024 교보문고 스토리대상
청소년 단편 수상작품집

오늘은 오늘의 하루

조찬희
온하나
송한별
조웅연
김민솔

**2024 교보문고 스토리대상
청소년 단편 수상작품집**

차례

조찬희 **무지개 너머, 덴마크** ········ 7

온하나 **한여름의 체육 시간** ········ 43

송한별 **별비가 내리는 날** ········ 87

조웅연 **오늘의 경수** ········ 133

김민솔 **꺼지지 않는 빛을 따라** ········ 181

무지개 너머,
덴마크

조찬희

조찬희

일본 문학을 읽고 옮겨 왔다. 지금은 소설을 쓴다. 타인의 마음에 가닿는 것은 어려운 일이지만 그러려고 노력할 때 삶이 빛난다는 걸 기억하는 작가가 되고 싶다.

새 지저귀는 소리가 더 이상 들리지 않는다는 걸 알게 된 날, 드디어 올 게 왔다고 생각했다. 작고 아름다운 소리를 영영 듣지 못할 거라니, 조금 서글프긴 했지만 오래전부터 각오해 온 일이라 별다른 감정의 동요는 없었다. 책상 위에 놓인 데시벨 차트를 집어 들었다. 새 지저귀는 소리 20데시벨. 낙엽 더미와 시계 그림이 나란히 그려져 있었다. 앞으로 듣지 못할 소리였다. 지난가을, 윤수와 공원에서 밟았던 낙엽이 떠올랐다. 형이 떠난 날, 텅 빈 집에서 유독 크게 들리던 시계 초침 소리도. 신경 쓰지 않으면 들리지 않는 소리였다. 그렇게 생각하니 오히려 홀가분한 기분이 들었다.

차트를 내려놓고 방을 나서려는데 창밖으로 새 두 마리가 짝을 지어 날아가는 게 보였다. 참새들은 나뭇가지 위에서 몇 번인가 파닥거리다가 이내 날개를 접고 한자리에 안착했다. 소리 없이 제각기 부리를 뻐끔거리는 모습이 무성 영화의 한 장면 같았다. 그 또한 아무래도 상관없는 일이었다.

어제 만난 의사 선생님은 내 청력 검사 결과지를 볼펜으로 가리키면서 앞으로 청력이 조금씩 떨어질 거라고 말했다. 고주파와 저주파 음역이 정상 범위를 살짝 벗어나 있었다. 하지만 급격하게 떨어지진 않을 거라고, 평소대로 생활하면서 정기 검진만 꼬박꼬박 받으라고 덤덤하게 말했다.

"그래도 귀에 무리가 가는 행동은 삼가는 게 좋겠지?"

윤수와 계획 중인 팟캐스트가 걱정되었다. 아무래도 귀를 많이 써야 할 텐데. 당황스러웠지만 그래도 내 삶이 변하는 일은 없을 거라고, 나는 공원 산책로로 뛰어 올라가는 아이들의 떠드는 소리를 들으며 다시 한번 생각했다.

하지만 아빠 생각은 달랐다. 인생 대부분을 들리지 않는 사람으로 살아온 아빠는 언젠가 내가 자신과 같은 병을 앓게 될까 걱정했다. 아니, 그 때문에 나도 불행해질까 봐 걱정했다. 예전에는 아빠의 그런 걱정이 마치 악담처럼 들렸지만, 이제는 한 귀로 흘려버릴 정도로 아무 의미가 없어졌다.

어제 귀가 좀 이상해서 병원에 가 봐야 할 것 같다고 말했을 때 아빠는 세상 다 산 사람처럼 표정이 굳어졌다. 심각한 건 아니라고 몇 번이나 되풀이해도 아빠는 큰일이라도 난 것처럼 집 안을 서성거리며 내 말을 들으려고 하지 않았다.

아빠와 제대로 된 소통을 한 적이 없었다. 아빠와 대화한다면 그 목적은 통보 내지는 정보 전달이 전부였다. 아빠에게 내 이야기를 정확히 전달하는 것은 내게 세상에서 가장 어려운 일이었다. 병원에 다녀온 이야기를 하면 어떻게 될까. 나는 내 귀에서 벌어지고 있는 일보다 아빠의 반응이 더 두려웠다. 그걸 피하다가 하루를 넘겼으니 오늘은 말해야 했다.

아빠는 분주하게 주방을 오가며 아침을 차리고 있었다. 나는 식탁 한구석에 놓인 수저통을 끌어와 수저 두 벌을 놓으면서 말할 타이밍을 살폈다. 가스레인지에서 끓기 시작한 찌개를 물끄러미 바라보던 아빠가 가스 불을 끄고 냄비를 식탁으로 옮겼다. 나는 아빠가 고개 들기를 기다렸다가 눈이 마주친 순간 말을 걸었다. 하지만 여느 때와 마찬가지로 평온한 대화는 불가능했다.

"어제, 병원, 다녀왔어!"

나는 꼭 필요한 단어만 골라 음절을 끊어서 최대한 크고

명료하게 말했다. 아빠가 고개를 끄덕이면 그다음 말을 잇는다.

"나도, 귀, 안 들릴 거래!"

똑같은 말을 두 번 반복했을 때에야 아빠는 비로소 무슨 말인지를 알아들었다. 두 번째로 이야기할 때는 '귀'라는 단어에서 손가락으로 귀를 가리켰고, 팔로 엑스를 만들면서 '안 들릴 거래.'를 표현했다. 고함에 가까운 소리로 내뱉고 나니 차라리 속이 시원해졌고, 그래서인지 이 일이 더더욱 별일 아닌 것처럼 느껴졌다. 하지만 아빠는 또다시 세상 다 산 사람 같은 표정으로 한동안 멍하니 앉아 있다가 말없이 숟가락을 들었다.

"덴마크로 떠나야 해."

밥을 절반 정도 먹었을 때, 아빠가 자리에서 일어나며 동네 슈퍼라도 가자는 듯 무덤덤하게 말했다.

'아, 맞아. 덴마크. 덴마크가 있었지.'

나는 그 순간 식욕이 달아나 숟가락을 내려놓았다. 이럴 땐 빨리 자리를 뜨는 게 상책이다. 이렇게 하루를 시작하면 뭘 해도 의욕이 나지 않을 게 뻔했다. 밥그릇을 들고 서둘러 일어서는데, 냉장고 문에 붙은 사진이 보였다. 덴마크 뉘하운을 배경으로 웃고 있는 형 사진이었다. 아빠의 억지가 또 시작되었다는 생각에 형의 해맑은 얼굴이 오늘따라 더 얄밉게 느껴졌다.

"한국에서는 멀쩡하게 살 수 없다."

아빠의 말이 화살처럼 날아와 내 등 뒤에 꽂혔다. 상황이 좋지 않은 느낌이 들 때 아빠가 던지는 고정 멘트였다. 병원에서 무슨 이야기를 듣고 왔는지 걱정하기는커녕 또 떠나자고 말하다니 엄마와 형까지 떠나게 하고 어떻게 이럴 수 있지. 해도 해도 너무한다는 생각에 부아가 치밀어 소리쳤다.

"말도 통하지 않는 나라에 가서 어떻게 살아!"

"여기도 말이 통하지 않기는 마찬가지다."

결국 내 증상에 대한 구체적인 이야기는 꺼내지도 못한 채 나는 방으로 들어와 버렸다. 아빠와의 대화는 늘 이런 식이다. 아빠는 정작 해야 할 말을 시작하기도 전에 말문을 막는 재주가 있었다. 상대방의 입장보다 늘 자신의 감정이 우선인 사람. 배려와 존중이라고는 없는 억지 논리를 듣고 있다 보면 가슴이 쿵쾅거리고 배 속에서 뜨거운 덩어리가 목구멍까지 차올랐다. 나는 주머니에서 핸드폰을 꺼내 윤수에게 '이번엔 덴마크래.'라고 메시지를 보냈다. 곧바로 눈물 모양 이모티콘이 돌아왔다. 놀람이 아니라 눈물인 걸 보니 윤수도 아빠의 선언이 놀랍지 않은 모양이었다.

─정말 아무렇지 않아?

윤수의 메시지가 핸드폰 알림창에 떴다. 내 귀를 말하는 거였다.

—아무렇지 않아. 이렇게 될 거라고 말했잖아.

—그럼 보청기는 어쩔 거야? 할 거야?

의사 선생님은 당장은 잘 들려도, 보청기를 쓰면 양쪽 귀의 균형을 맞추는 데 도움이 될 거라고 말했다. 나는 순간 멈칫했지만 핸드폰을 주머니에 찔러 넣고 가방을 둘러멘 뒤 거실로 나왔다. '탈출의 벽' 앞에 서 있는 아빠의 뒷모습이 보였다.

아빠의 선언은 나에게 깜짝 발표라기보다는 주기적으로 반복되는 신세 한탄 같은 것이었다. 덴마크라니. 이번에는 스케일이 좀 커지긴 했지만 딱히 놀랄 일도 아니었다. 아빠는 툭하면 떠나자고 하는 사람이니까.

아빠는 보청기를 사용해도 거의 모든 소리를 듣지 못했다. 엄마는 형처럼 수어를 배웠으면 좋겠다고 아빠를 설득했지만, 그때마다 자신은 농인이 아니라 난청인이라며 한사코 거부했다. 아빠는 정해 놓은 루틴을 잘 지키는 사람이었다. 매일 빠지지 않고 공장으로 출근했고 일하지 않는 시간에는 집에서 자막 있는 영화나 교양 프로그램을 보며 지냈다. 그런 아빠를 보면 의사소통에 불편함을 느끼는 건 우리지 아빠는 아닌 듯했다. 하지만 10년 넘게 근속하던 공장에서 청각장애인이라는 이유로

승진이 좌절되었을 때는 감정을 잘 드러내지 않던 아빠도 이틀 간 휴가를 내고 방 안에 틀어박혔다. 회사 측에서는 승진하면 부하 직원을 관리, 감독해야 하는데 소통이 힘들지 않겠느냐고 넌지시 말했고, 아빠는 그 결정에 반박하지 못했다. 그 후 자신 보다 경력이 짧은 직원이 차례로 승진하는 걸 지켜보면서도 아빠는 회사를 그만두지 않았다. 묵묵히 할 일을 하고 집에 돌아올 뿐이었다. 그러나 납득할 수 없지만 납득해야 하는 일은 늘 생겼고, 그럴 때마다 아빠는 이곳이 아닌 어딘가로 떠나서 살자는 말을 입버릇처럼 해 왔다.

아빠가 도피처로 삼은 장소는 실로 다양했다. 내 기억에 남아 있는 첫 번째 장소는 〈자연인이 산다〉에 나온 강원도 산속 어딘가의 오두막이었다. 자연인이 산에서 구한 재료만으로 된 장찌개를 끓이는 걸 보고 아빠는 그 산의 정확한 주소와 지도 등을 찾아서 안방 벽에 붙여 놓았다. 그걸 시작으로, 다음에는 제주도 또 그다음에는 영월의 계곡 근방 등 주로 특정 시기 방송에 자주 소개되던 곳이 연이어 벽을 채웠다.

아빠는 벽을 장식하는 데 그치지 않고 그 장소에 가 보고 싶어 했다. 엄마는 그런 아빠가 안쓰러웠고, '취미 생활'로 조금이나마 행복하기를 바랐다. 아빠가 자연인이 산다는 산에 가고 싶어 하거나 제주도에 가고 싶어 하면 엄마는 가기 싫다는 우리를 설득했고 여행 일정도 혼자서 다 짰다.

하지만 막상 도착하면 아빠는 그곳을 싫어했다. 자연인이 산다는 산은 생각보다 '더' 외져서, 제주도는 바람이 '너무' 세게 불어서 싫다고 했다. 실로 다양한 이유였다. 심지어 영월에 갔을 때는 밥 먹으러 간 식당 아줌마가 불친절하다며 여행이 다 끝나기도 전에 집에 돌아가자고 고집을 부렸다. 그런 일이 몇 번 반복되자 엄마는 티브이 방송과 인터넷 정보만 믿는 아빠를 따라 팔도 유랑을 하는 것 자체가 어리석은 짓이었다며 화를 냈다. 아빠는 어디를 가든 금방 싫증 냈다. 아빠의 변덕이 계속될수록 엄마는 점점 지쳐 갔고 아빠와 사이가 나빠졌다.

"아빠의 삶이 불행한 건 장애 때문이 아니야."

엄마의 말에 나와 형도 동의했다. 제주도에 갔다가 비행기 표를 바꿔 예정보다 빨리 돌아왔을 때는 장애라는 핑계가 참 편리하다는 생각까지 들었다. 현실에 대한 비관으로 도배된 아빠의 벽은 이 세상과 소통할 의지는 없으면서 실현되지 않을 허황된 꿈만 덕지덕지 붙인 채 우리를 노골적으로 노려보고 있었다. 우리 세 사람은 점점 그쪽에 눈길을 주지 않았다. 그 대신 그 벽을 '탈출의 벽'이라고 부르기 시작했다. 아빠는 그 사실에 대해 몰랐다.

엄마가 집을 떠난 건 내가 중학교를 졸업한 다음 날이었다. 더 이상 아빠의 통역사로 살고 싶지 않다고 말하는 엄마의 지친 눈을 보았지만, 정말 우리를 떠날 줄은 몰랐다. 아빠를 이해하지 못하던 형이 엄마가 새로운 삶을 살 수 있도록 도왔다는 걸 나중에 엄마에게 들어서 알았다.

"자신의 인생을 온전히 책임지는 것이 어른이라고 하더라, 너희 형이."

엄마는 자신이 떠나면 아빠가 자립하리라고 믿었지만, 내가 아빠의 통역사가 되었다. 아빠는 여전히 집 밖을 나가지 않았고 나는 형과 아빠 사이에 끼어서 탁구공처럼 두 사람의 말을 전해야 했다. 형은 아빠가 듣지 못한다는 사실을 핑계 삼아 집에 갇혀서 가족을 괴롭힌다고 생각했고, 아빠는 형의 태도를 길러 준 사람에 대한 배신이라고 여겼다. 나는 점점 지쳤고 어느새 두 사람 사이에 끼어들지 않게 되었다.

엄마가 떠난 날 저녁을 선명하게 기억한다. 매일 들리던 소리. 티브이 소리, 저녁을 준비하며 흥얼거리던 엄마의 노래, 온 가족이 식탁에 앉아 나누던 대화, 잘 다녀왔느냐고 나를 반기던 엄마의 목소리까지. 소리가 사라진 집에 들어섰을 때, 나는 우리 집 대부분의 소리가 엄마에게서 비롯되었다는 걸 깨달았다.

특정 데시벨에 예민한 아빠가 티브이를 볼 때 음 소거 상태로 본다는 것도, 형은 대화할 때 수어나 핸드폰을 사용하니까 소리를 만들지 않는다는 것도 엄마가 사라지고 나서 비로소 알게 되었다.

바닷속 깊은 곳에 지어진 것처럼 고요한 집의 먹먹한 적막이 버거워 울음을 터뜨렸을 때, 내 울음소리를 들을 수 있는 사람이 아무도 없다는 걸 깨달았다. 그날 이후 나는 울지 않았다.

'탈출의 벽'이 덴마크에 대한 정보로 채워지기 시작한 건 성인이 된 형이 6개월 전 덴마크로 떠나고 그곳에서 유튜브를 시작한 이후였다.

형이 덴마크로 유학을 가겠다고 했을 때, 나는 실소가 나왔다. 떠나고 싶어 하는 아빠를 가장 이해하지 못하던 사람이 형 아니었던가. 덴마크라는, 어디 붙어 있는지도 모르는 나라로 떠나겠다니. 나는 형이 행복 지수 1위라든가 세계 최고의 복지 국가라는 수식어에 기대어 무모한 결정을 하려는 것으로 생각했다. 하지만 내 의심과 달리 형은 덴마크에 가기 위해 철저히 준비했다. 농학교 선배로부터 덴마크에 전 세계 젊은 농인을 위한 교육 프로그램이 있다는 사실을 알게 된 후, 형은 그곳에 입학하기 위해 영어와 미국 수어를 공부했다. 형은 유학에 필요한 것을 목록으로 만들어 하나씩 클리어 했고, 농학교 마지막 학년에는 담임 선생님의 도움으로 입학 지원서를 여러 차례 고쳐서 제출했다. 형의 현실적 준비는 합격 통지서와 장학금이라는 결과로 이어졌다.

나는 형의 유학 준비 과정을 형의 유튜브 채널을 통해서 알았다. 그 당시 형이 뭘 하고 다니든 전혀 관심이 없었으니까. 성인이 되면 당연히 아빠처럼 공장에 취직하거나 대학에 가겠지 생각했다. 그때 형은 덴마크로 떠나겠다는 통보에 가까운 말만 던져 놓고 혼자 방에 있거나 아주 늦게 집에 들어왔다.

아빠는 형이 덴마크에 가는 걸 못마땅해하는 것 같았지만 별다른 내색을 하지 않았다. 장학금까지 받은 형에게 뭐라고 할 이유가 없었을 테니까. 하지만 합격 통지서를 받고 얼마 되지 않아 집에 보이지 않던 카메라가 보이고 소형 조명 기구 같은 낯선 장비들이 형 방을 차지하자 아빠는 고개를 내저었다. 마치 그렇게 애써 봤자 결국엔 장애가 네 발목을 잡을 거라는 듯이. 그런 아빠의 태도에도 아랑곳하지 않던 형은 덴마크로 떠나기 보름 전, 저녁 식사 자리에서 또 하나의 폭탄선언을 했다. 형이 내민 종이에는 그곳에서 공부를 마치면 영화 학교에 들어가 영화감독이 될 거라고 적혀 있었다. 아빠는 부들부들 떨리는 손으로 종이를 든 채 말을 잇지 못하다가 버럭 소리를 질렀다.

"네까짓 게."

입 모양만으로 알아챌 수 있을 정도로 또렷하게 발화된 아빠의 말에 형의 표정이 일그러졌다. 두 사람 사이에 낀 나는 아무것도 할 수 없었다. 형도 엄마처럼 영영 돌아오지 않을 것 같다는 예감이 나를 사로잡았다.

나 또한 형의 꿈이 무모한 희망에 불과하다고 여겼다. 농인이 어떻게 영화감독을 한다는 거지. 하지만 덴마크에 정착한 형이 유튜브를 시작하면서 의구심이 조금씩 가시기 시작했다. 덴마크는 정말 행복한 나라일까. 덴마크에서 한국인 농인이 사는 법. 코펜하겐 한국 식당 방문기 등 호기심을 자극하는 동영상이, 수어와 한글 자막과 함께 올라오기 시작했다. 하나같이 유익하고 재미있어서 농인 커뮤니티에서 좋은 반응을 얻은 건 당연해 보였다. 그런데 SNS를 통해 입소문을 타고 농인이 아닌 사람들까지 형의 동영상을 보기 시작했다. 조회 수가 올라가고 몇몇 동영상이 인기 급상승 동영상까지 되었을 때는 형의 꿈이 비현실적인 게 아닐 수 있다는 느낌이 들었다. 아마도 그즈음이었을 것이다. '탈출의 벽'이 덴마크에 관한 정보로 바뀌게 된 것이.

벽을 보고 서 있는 아빠에게 다가가 집게손가락으로 옷소매를 툭 건드렸다. 아빠가 돌아보았고 나는 팔을 현관 쪽으로 뻗어서 '학교 다녀올게.'라고, 목소리를 내지 않은 채 입 모양만 뻐끔거렸다.

"형한테 덴마크 가서 살려면 어떻게 해야 하는지 한번 물어봐."

아빠의 말이 끝나자마자 순식간에 얼굴이 달아올랐다. 가슴속 깊은 곳에서 뜨거운 덩어리가 솟아올랐다.

"제발 적당히 좀 해, 제발!"

있는 힘껏 소리를 내질렀다. 아빠가 알아듣기를 바라고 그런 것은 아니었다. 내 안에서 팽창된 분노를 밖으로 토해 내지 않으면 견딜 수 없을 것 같았다. 하지만 뱉어 낸다고 뱉어지지 않았다. 숨이 점점 가빠졌고 나는 어쩔 줄 몰라 이리저리 시선을 움직였다. 오랜만에 본 '탈출의 벽'은 유난히 빼곡했다. 벽에 붙은 것들은 형이 유튜브에서 다뤘던 내용과 아빠가 오려 붙인 신문 기사였다. 「국민을 끝까지 책임지는 나라, 덴마크」라는 제목의 기사, 코펜하겐 한인 마트와 식당 리스트, 덴마크의 장애인 복지에 관해 소개하는 블로그 글, 코펜하겐 시내의 전경 그리고 아말리엔보르 궁전 뒤로 떠오른 무지개 사진까지.

형이 떠난다고 했을 때 보인 아빠의 태도가 무색하게도 아빠의 벽은 덴마크에 대한 열망으로 가득 차다 못해 천장까지 뚫고 올라갈 기세였다. 하지만 정작 있어야 할 덴마크의 언어 문제나 이민 준비 절차 같은 실질적 정보는 전혀 보이지 않았다. 그 일을 처리하는 건 결국 내 몫이 될 터였다. 화가 머리끝까지 차올라 큰 숨을 내쉬며 고개를 치켜들었는데, 시선 끝에 신문 기사 하나가 더 보였다. 「비교하지 않아서 좋아요. 타인에게 관심 없는 도시, 덴마크」. 그 순간 머릿속이 서늘해지고 치솟았던 분노가 무겁게 가라앉았다. 나는 천천히 고개를 돌려 아빠를 무섭게 노려봤다. 아빠는 그런 사람이다. 자신 외의 타인에게 아무런 관심이 없는 사람. 심지어 엄마가 떠났을 때도 아빠는 말했다. 인간은 이기적인 존재라고.

"이기적인 건 아빠야."

낮은 목소리로 말하는 나를 아빠는 영문을 모르겠다는 표정으로 바라봤다. 그 표정이 나를 더 화나게 만들었다. 아빠는 분이 가라앉지 않아 씩씩거리는 내 시선을 피하려고 했지만, 나는 아빠의 눈을 쫓으며 끈질기게 아빠를 노려보았다. 그러고도 성에 차지 않아 벽에 붙은 종이를 보란 듯이 하나씩 뜯어 버렸다. 신문 기사, 덴마크 여행 후기, 형이 보낸 사진까지 하나도 빠짐없이 다 찢고 뭉쳐서 바닥에 내팽개쳤다. 아빠는 나를 말리지 않고 그 자리에 그대로 서 있었다. 바닥에 널브러진 종이를 바라보면서. 아빠는 나에게 화내지 않을 것이다. 나마저 떠나 버리면 옆에 아무도 없을 테니까.

나는 치를 떨면서 가방을 둘러메고 현관으로 향했다.

"언제쯤 오냐?"

아빠의 작은 음성이 내 귀에 겨우 닿았을 때, 나는 악, 하고 고함을 질렀다. 이런 식의 싸움을 수없이 반복해 왔다. 아빠는 내가 아무리 악을 써도 듣지 못할 것이다. 이해하지 못할 것이다. 이해하려고도 하지 않을 것이다.

나는 뒤돌아보지 않은 채 깊은 한숨을 내쉰 뒤 현관문을 쾅 닫고 나와 버렸다.

고등학교에 갓 입학했을 때만 해도 나는 귀를 보호하겠다며 수업 시간 말고는 늘 커다란 헤드폰을 끼고 있었다. 청력이 떨어지면 인생이 끝날 것처럼 굴던 시기였다. 그런 내 모습은 누가 봐도 특이했고, 그 덕에 나는 반에서 음악에 미친, 자기만의 세계에 빠진 아이로 찍혔다.

입학한 지 한 달 정도 지나고 반 아이들 각자 친한 무리를 만드느라 분주할 때도 나는 헤드폰을 쓰고 혼자 앉아 있었다. 당연히 친구가 없었다. 얼마 후, 무척 할 일 없는 누군가가 내가 쓰고 있는 헤드폰이 블루투스가 아니라는 걸 알아냈다. 음악을 듣는 것도 아닌데 헤드폰을 쓰고 있었다는 사실이 알려지자, 내 이미지는 곧 특이한 아이에서 이상한 아이로 바뀌어 버렸다. 결국 그 '노력'은 쓸데없는 짓이었지만, 그때는 누가 나를 어떻게 보든 내 청력을 보호하는 게 인생 최대의 목표였다.

그런 나에게 처음 말을 건 아이가 윤수였다. 나에 대한 소문을 몰랐는지 윤수는 "무슨 음악 들어?"라고 물었다.

"안 들어."

"그럼 왜 그걸 끼고 있어?"

"몰라도 돼."

그쯤 하면 갈 줄 알았는데 윤수는 자기는 올드 팝을 좋아한다며 처음 들어 보는 노래 몇 곡을 흥얼거리기 시작했다. '이 녀석도 평범하지는 않군.' 생각하며 시큰둥하게 반응하는데도 윤수는 자리를 뜨지 않고 넌 뭘 좋아하냐고 집요하게 물었다.

"올드 무비."

"그래? 무슨 영화?"

나도 윤수가 모르는 영화 제목 몇 편을 이야기했더니 윤수는 내가 본 영화들을 진심으로 궁금해했다. 윤수는 호기심이 많고 이야기를 잘 들어 주는 아이였다. 좋아하는 것들에 관해 이야기 나누는 시간이 쌓일수록 함께 좋아하게 된 옛날 영화와 올드 팝이 차곡차곡 늘어났다.

"언젠가 보청기를 하면 내 인생은 다른 국면에 접어들 거야."

음악이 나오지 않는 헤드폰에 관해 고백하던 날, 나는 집 앞 공원에서 윤수에게 말했다. 윤수는 내 이야기를 묵묵히 듣고 나서 말했다.

"눈이 나쁘면 안경을 쓰는 거랑 뭐가 달라. 그때도 넌 너대로 살면 돼."

윤수는 나를 위로했지만, 그건 그렇게 간단한 문제가 아니었다. 보청기를 한 내 모습이 얼마만큼 아빠와 닮아 보일지. 내가 무서운 건 그거라고 차마 말하지 못했다.

"네가 보청기 하게 되면 내가 알바 두 달 뛰어서 거기에 다 이아몬드 박아 줄게. 어때?"

피식 웃음이 나왔다. 그리고 그날 이후 나는 더 이상 학교에서 헤드폰을 쓰지 않았다.

어제 병원에 다녀온 이후 귀는 별다른 변화를 보이지 않았다. 미세한 고주파 이명은 늘 달고 살아온 증상이었고, 여전히 작은 소리는 들리지 않았다. 하지만 수업을 듣거나 친구들과 대화하는 등 일상생활을 하다 보면 자연스럽게 소음에 묻혀서 그런 증상이 크게 거슬리지 않았다. 다만 갑자기 조용한 공간에 들어가거나 적막에 둘러싸일 때, 아주 큰 고주파 이명이 한쪽 귀에서 다른 쪽 귀로 삐 소리를 내며 가로질렀다가 사라졌다.

듣지 못하는 건 어떤 감각일까. 아주 어렸을 때 아빠 침대 밑에 있던 보청기를 집어서 만지작거린 적이 있다. 그때는 그것의 기능이 뭔지 몰랐을 것이다. 어린아이의 호기심에, 별다른 생각 없이 한 행동이었을 텐데 아빠는 보청기를 낚아채듯 빼앗았다. 그 당시 아빠의 귀는 머리카락으로 가려져 있었다. 아빠는 장애가 마치 자기 잘못인 것처럼 행동했다. 아빠가 살면서 마주친 사람 대부분이 아빠를 그렇게 대했을 것이다. 그날 아주 작은 돌멩이를 빼앗긴 손바닥의 감각은 시간이 지난 지금도 선명하게 남아 있다.

헤드폰을 쓰지 않기로 하면서 나는 어쩔 수 없는 일에 연연하지 않겠다고 결심했다. 형과 아빠를 오래 지켜보면서 세상에는 내 의지와 상관없이 벌어지는 일이 분명 있다는 걸 알게 되었으니까. 나도 그들처럼 언젠가 듣지 못하게 될 것이다. 실제로 그 일이 벌어진다면 내 힘으로 막을 수 없을 것이다. 그렇다면 내가 할 수 있는 건 뭘까. 나 자신에게 어떤 변화가 찾아오든 지금처럼 사는 것, 그건 내 힘으로 할 수 있을 것 같았다.

내 말을 들은 형은 "뜬구름 잡는 소리 하지 마, 이 낭만적인 녀석아." 하며 비웃었다. 형은 나와 달랐다. 형은 늘 원하는 게 뚜렷했고 그걸 이룰 때까지 부단히 노력했다. 윤수는 그런 형이 멋있다고 했지만, 나는 버거웠다. 형은 자신과 자신이 속한 커뮤니티 바깥 사람들에게는 관심이 없었다. 그런 형에게 나는 늘 소외된, 다른 세상에 사는 존재였다. 쉬엄쉬엄하라는 내 말에 형은 속 편한 소리를 한다며 웃어넘겼다. 형과 나 사이에 절대로 극복할 수 없는 간격이 있었고 우리가 커 갈수록 그 간격이 점점 벌어지는 것만 같았다.

미래에 대한 불안이 엄습할 때면 '떠난다'는 것에 대해 생각한다. 무언가를 갖기 위해서는 떠나야 할까? 형이 떠난 날, 나는 집에 홀로 남아 생각했다. 우리 가족은 모두 떠났거나 떠나고 싶어 한다고. 하지만 나는 떠나고 싶지 않았다. 여기서 잘 살 수는 없는 건지, 떠나 버리는 건 너무 쉬운 일이 아닌지 스스로에게 묻고 또 생각했다.

덴마크로 떠난 지 얼마 되지 않았을 때, 형이 메시지로 말했다.

—영현아, 네가 알아 둬야 할 건, 형은 떠나기 위해 떠난 게 아니라는 거야.

—그럼 왜 떠났는데.

—여기 꿈이 있었기 때문이지. 내가 원하는 게 여기 있었으니까.

친해진 지 얼마 되지 않아 윤수가 라디오 PD가 되고 싶다고 말했을 때, 형이 내 이야기를 듣고 비웃은 이유를 알 것 같았다. 나는 내 미래에 대해 구체적으로 생각해 본 적이 없었다. 어떻게 꿈을 꾸어야 하는지 막연하기만 했다.

"라디오 PD가 되려면 음악을 정말 많이 들어야 하거든. 그런데 널 보니 온종일 헤드폰을 끼고 있더라고. 보통 녀석이 아닌데 싶어서 말을 건 건데 완전히 속은 거지."

윤수가 장난스럽게 웃었다.

"난 되고 싶은 게 없어."

"되고 싶은 게 꼭 있어야 하는 건 아냐."

"나 막막해."

"좋아하는 걸 하다 보면 자연스럽게 꿈이 생길 거야, 나처럼."

올드 팝에 대한 윤수의 지식은 방대했고 구체적 목표가 있어서인지 공부도 즐기면서 하는 듯 보였다. 부러웠다. 내가 아는 거라고는 영화와 관련된 에피소드나 제작 당시의 비화 같은 이야기가 전부였다.

윤수와 나는 종일 붙어 다니며 음악과 영화에 대한 시시콜콜한 이야기를 나눴다. 2학년이 되자 학교 방송실에 팟캐스트 녹음 장비가 들어올 거라는 소식이 들려왔다. 방송 쪽에서 오래 일한 동네 시의원이 시대 흐름에 발맞춘 인재를 양성해야 한다며 내놓은 정책 중 하나라고 했다. 윤수는 좋은 타이밍에 새 장비가 들어온다며, 이건 우리를 위한 기회라고 신나서 펄쩍 뛰었다.

"그동안 우리가 해 온 이야기로 팟캐스트를 만드는 거야!"

윤수가 달뜬 얼굴로 말했다. 어리둥절해하는 나에게 윤수는 마치 오래전부터 준비해 왔던 사람처럼 어떤 방송을 만들고 싶은지 구체적인 기획안을 줄줄 늘어놓았다.

"매회 영화 하나를 정해서 그 영화의 비하인드 스토리나 가십을 다루는 거야. 진지한 영화 분석보다 훨씬 재밌을 거고, 다른 팟캐스트와 차별화도 될 테니 분명히 먹힐 거야."

여전히 감을 잡지 못하는 내가 겁을 먹자, 윤수는 하면서 채워 가면 된다며 연륜 있는 PD처럼 기운을 북돋워 주었다.

우리는 윤수의 아이디어에 조금씩 살을 붙여 가면서 프로그램을 구체화했다. 내용이 채워질수록 나도 의견을 내기 시작했다. 윤수가 첫 영화는 뮤지컬 영화가 어떠냐고 했고, 나는 〈레미제라블〉이나 〈오페라의 유령〉 같은 영화를 제안했다. 하지만 윤수는 첫 방송이니 너무 무겁지 않았으면 좋겠다고 말했다.

"〈오즈의 마법사〉 어때?"

"오, 너도 그 영화 알아?"

"너희 아빠가 자주 보시잖아."

엄마가 떠난 날 저녁에도 아빠는 말없이 소파에 앉아서 티브이 화면을 응시하고 있었다. 어떻게 저럴 수 있을까. 엄마가 가 버렸는데도 늘 같은 자리에 앉아, 심지어 〈오즈의 마법사〉 같은 영화를 보는 아빠를 도저히 이해할 수 없었다. 소리가 사라진 화면 속에서 화려한 옷을 입은 등장인물들이 분주하게 움직였다. 어지러운 화면을 미동 없이 바라보는 아빠의 모습을 아연하게 보고 있을 수밖에 없었다. 어쩌면 아빠는 나와 전혀 다른 세상에서 사는 게 아닐까. 영원히 아빠의 세상으로 뛰어넘어 갈 수 없을 것 같았다.

조용하던 우리 집에 다시 소음이 생긴 건 윤수가 드나들기 시작하면서였다. 우리는 윤수가 사는 동쪽 빌라촌과 내가 사는 서쪽 아파트 단지 중간에 있는 공원에서 자주 농구를 했는데, 운동이 끝나면 윤수를 집에 데리고 와서 함께 간식을 먹고 쉬고는 했다. 처음 윤수를 데리고 왔을 때, 아빠는 윤수의 큰 목소리에 소스라치게 놀랐다. 하지만 아랑곳할 윤수가 아니었다. 윤수는 나에게 그랬던 것처럼 아빠에게도 이런저런 말을 붙이며 큰 목소리로 수다를 떨었다. 아빠는 그런 윤수를 신기한 눈으로 바라봤다.

"너희 집 정말 조용한 거 알아? 여기 오면 나만 떠들 수 있어서 좋아."

윤수가 장난스럽게 말했다. 아빠는 그런 윤수가 집에 오는 걸 반겼다. 윤수는 아빠가 큰 소리에 예민하다는 걸 알고 나서 눈웃음으로 인사했다. 그러면 아빠도 반가운 미소로 오른팔을 번쩍 들어 올려 인사하고는 다시 티브이로 눈을 돌렸다. 윤수는 조용히 그 옆으로 가서 앉아 아빠가 보는 방송이나 영화를 함께 봤다.

거리낌 없이 아빠와 앉아 대화하는 윤수의 모습이 신기했지만, 무슨 이야기를 했는지 묻지는 않았다. 궁금하지도 않았고, 그저 윤수 덕에 아빠와 거리를 둘 수 있어 숨통이 트이는 듯했다.

〈오즈의 마법사〉는 내 머릿속에서 완전히 잊힌 영화였다. 아빠가 〈오즈의 마법사〉를 자주 보는지도 몰랐다. 그러고 보니 아빠에 대해 아는 게 별로 없었다. 아빠가 회사에서 어떤지, 친구는 있는지, 집에 혼자 있을 때는 뭘 하는지, 형과 따로 연락은 하는지.

며칠 동안 공들인 팟캐스트 기획안을 제출하고 일주일이 지났다. 선생님은 유튜브나 팟캐스트 제작으로 수행 평가를 받겠다고 한 아이들에게 따로 장비에 대한 사전 교육과 테스트 녹음이 필요하다고 공지했다.

우리가 테스트 녹음을 하기로 한 날 아침부터 아빠에게 소리치고 집을 나와서 기분이 좋지 않았지만, 막상 새로운 장비를 갖춘 방송실에 들어서니 흥분을 감출 수 없었다. 옆에서 윤수가 환호를 질렀다. 녹음실 부스 안에 크로마키 스크린과 책상 위 듀얼 모니터가 새로 생겼고, 맞은편으로 삼각대에 설치된 디지털카메라가 보였다. 윤수는 새로운 장비에 신이 난 듯 모니터에 깔린 프로그램을 체크하거나 카메라 렌즈 각도를 조정해 보기도 했다. 그런 윤수의 모습을 보니 덩달아 내 가슴까지 벅차올랐다.

자리에 앉아 보라는 선생님 말씀에 우리는 의자에 앉았다. 본격적인 녹음에 들어가기 전에 선생님이 녹음 방법과 오디오 믹싱 프로그램에 관해 설명해 주었다. 대략적인 설명이 끝나자 선생님은 책상 위에 있던 헤드폰 두 개를 들어 윤수와 내게 건네주었다. 최신식 노이즈 캔슬링 헤드폰이니 조심히 다루라고 선생님이 생색 내듯 말했다. 손때가 타지 않은 새 헤드폰을 보니 선생님의 호들갑도 싫지 않았다.

"오, 신기해. 하나도 안 들려."

윤수의 말에 헤드폰을 쥔 손이 돌처럼 굳었다. 안 들린다는 말에 몸속 어딘가에 숨어 있던 공포가 마치 전류가 되어 흐르듯 순식간에 온몸을 타고 지나갔다. 해맑은 윤수 목소리가 아득히 멀어졌다. 사고 회로가 끊긴 사람처럼 얼빠진 얼굴로 앉아 있는데 선생님이 나를 향해 뭐라고 말했다. 나는 그제야 헤드폰을 머리로 가져갔다. 헤드폰을 쥔 손을 놓은 순간, 주위 소음이 완벽히 차단됐다. 그러자 무서운 적막을 뚫고 귀에서 끼익 소리가 났다. 평소보다 큰 고주파 이명이었다. 날카로운 소리가 바늘이 되어 뇌를 콕콕콕콕 빠르게 찔렀다. 나는 반사적으로 눈을 감고 허리를 숙였다. 이윽고 이명은 사라졌지만 이번에는 배 속이 뒤집힐 것처럼 울렁거리기 시작했다. 눈앞에 보이는 것들이 일그러지더니 정신없이 돌아갔다. 하늘과 땅이 뒤집히면서 발밑이 푹 꺼지는 것 같아 나는 그 자리에 주저앉고 말았다. 식은땀이 나고 눈동자가 내 의지와 상관없이 빠르게 움직였다. 하지만 아무것도 할 수 없었다. 눈을 감고 몸을 한껏 움츠릴 뿐이었다.

이명과 울렁거림이 조금씩 잦아들자 이내 눈물이 쏟아졌다. 눈물범벅이 되어 눈을 천천히 떠 보니 윤수의 얼굴이 보였다. 하지만 아무 소리도 들리지 않았다. 아무런 소리도. 그때 비로소 눈에 들어온 윤수의 입 모양, 다급하게 말하는 윤수의 표정이 영화의 과장된 슬로 모션처럼 느리지만 강렬하게 머릿속에 박혔다. 처음 느껴 보는 공포에 헤드폰을 빼려고 서둘러 팔을 들어 올렸다. 하지만 힘이 들어가지 않았다. 다시 들어 올려도 허공만 휘젓다가 맥없이 떨어졌다. 몇 번의 시도 끝에 헤드폰을 겨우 잡아 뺀 순간, 공기, 엄청난 양의 공기가 마치 파도처럼 귓바퀴를 타고 밀려들어 왔다. 그와 동시에 폭발적으로 증폭된 시계 초침 소리가 머릿속을 가득 채웠다. 째깍거리는 소리 때문에 숨이 막혀 쓰러질 것 같았다. 가슴을 부여잡고 숨을 쉬지 못하자, 윤수가 소리쳤다.

"영현아, 숨 쉬어. 숨 크게 쉬라고!"

온 힘을 다해 숨을 크게 내쉬자, 천천히 정신이 돌아왔다. 그제야 주위를 둘러볼 수 있었다. 놀란 윤수 얼굴이 보였고, 헤드폰은 바닥에 떨어져 있었다. 하지만 시계가 보이지 않았다. 내 귓속을 가득 채웠던 째깍거리는 소리도 들리지 않았다. 녹음실에는 시계를 두지 않는다고 했던 선생님 말이 떠올랐다. 시계가 있었다고 해도 나에게는 들리지 않았을 것이다. 나는 소매로 눈물을 닦아 내고 윤수의 부축을 받아 녹음실을 빠져나왔다.

테스트 녹음은 연기되었다. 양호실에 누워 있는데 담임 선생님이 찾아와 몸이 안 좋으면 조퇴해도 된다고 말했다. 이명과 울렁거림은 가셨지만 마취 주사를 맞은 듯 귀 언저리가 먹먹했다. 나는 선생님에게 일찍 들어가 보겠다고 하고 양호실을 나왔다. 윤수가 따라오면서 내 상태를 살폈다.

"팟캐스트는 당장 해야 하는 것도 아니니까 우선 몸 관리에 신경 써. 다시 병원에 가 봐야 하는 것 아니야?"

윤수가 내 상태를 살피며 어깨를 토닥였다. 윤수 손에서 전해진 온기가 어쩐지 나를 더 비참하게 했다.

"몸 관리만 하면 난 하고 싶은 걸 언제 할 수 있어?"

윤수가 놀라서 발걸음을 멈췄다.

"귀가 안 좋아질 거라고, 안 들릴 거라고, 그래서 조심해야 한다고 모두 그렇게 말해. 그럼 내가 하고 싶은 건 대체 언제 할 수 있어?"

윤수가 어리둥절한 눈으로 나를 보다가 이내 고개를 떨궜다. 나는 그제야 애초에 화내야 할 대상이 윤수가 아니라는 걸 깨달았다. 녹음실에서 있었던 일과 어제 병원에서 만난 의사 선생님의 말, 영화감독이 되겠다는 형을 노려보던 아빠의 눈빛, '탈출의 벽'을 찢으며 분노하던 내 모습이 빠르게 머릿속을 스쳐지나갔다.

"최악이야."

"응?"

"최악이라고."

윤수 앞에 선 나 자신이 바보 같아 견딜 수 없을 정도로 싫었다. 무슨 소리냐고 묻는 윤수를 뒤로하고 혼자 학교를 나왔다. 학교를 조퇴한 건 초등학교 때 이후 처음이었다.

현관문을 열고 집으로 들어왔다. 아빠는 아직 돌아오지 않은 것 같았다. 아무도 없는 거실에 들어서자 익숙한 집 냄새와 낮 동안 데워진 공기의 질감이 나를 포근하게 감쌌다. 가방을 내려놓고 곧장 소파로 걸어가 그대로 몸을 누이자 비로소 안도감이 들었다. 오랜만에 느끼는 안락한, 안전한 감각. 엄마와 형이 떠난 뒤 집에 들어오는 게 무엇보다 싫었는데 오늘은 다른 어느 곳보다도 이곳이 편안했다. 나는 소파에 더 깊숙이 몸을 파묻었다. 무뎌진 귀의 피부 감각이 조금 돌아오고 있었다.

소파에 누워 방송실에서의 일을 떠올렸다. 모든 소리가 차단된 순간 느꼈던 고립감이 얼마나 큰 공포였는지, 내 행동이 얼마나 이상해 보였을지를 생각하자 다시 눈물이 날 것 같았다. 그곳의 어느 누구도 내가 왜 그랬는지 모를 것이다. 혼자 남겨졌다는 외로움이 다시 느껴지는 것 같아, 나는 눈을 질끈 감아 버렸다.

처음은 아니었다. 시계 없는 곳에서 시계 소리를 들었다고 착각했던 것처럼, 예전에도 비슷한 일이 있었다. 찌개 끓는 소리인 줄 알았는데 달걀프라이가 지글거리는 소리였다거나, 비오는 소리인 줄 알았는데 욕실 수도꼭지에서 물이 새는 소리였다거나. 별것 아닌 일로 넘겼던 사소한 착각이 들리지 않는다는 두려움보다 더 큰 공포로 다가왔다. 내 몸에 어떤 변화가 있든 지금처럼 살 수 있을 거라고 믿었던 내 마음가짐에 균열이 생긴 기분이 들었다. 이슬비처럼 사소하지만 은근히 젖어 드는 착각들이 나를 점점 무력하게 만들까 봐, 그리고 그 무력감이 나를 잠식할까 봐 한없이 두려웠다.

아빠의 벽은 어떻게 되었을까. 나는 식탁으로 가서 유리컵에 물을 따르면서 안방 쪽으로 시선을 옮겼다. 반쯤 열린 문 사이로 '탈출의 벽'이 보였다. 온갖 기사와 사진으로 빽빽하던 벽에는 서너 장의 종이만 압정에 박혀 아슬아슬하게 매달려 있었다.

아침에 있었던 일이 떠올랐다. 아빠의 적어진 머리숱과 어느새 진해진 주름살, 벽에 붙은 걸 모조리 떼어 버리던 내 모습까지도. 그때 아빠에게 지었던 내 표정과 입 모양, 분노에 찬 숨결까지 하나하나 되살아났다. 소리가 없어도 고스란히 전해졌을 내 분노와 그 순간 아빠가 느꼈을 고립감. 아빠의 그 외로움은 오늘 녹음실에서 내가 느꼈던 두려움과 맞닿아 있을까. 가슴 한구석이 조여 오는 것처럼 뻐근했다.

끝까지 저 벽에 남겨진 건 뭘까.

나는 다 마신 컵을 식탁에 내려놓고 안방으로 들어가 보았다. 벽에는 형이 사는 집 주소와 학교 이름이 적힌 메모지 그리고 사진 한 장이 붙어 있었다. 아말리엔보르 궁전 뒤로 선명하게 드리운 무지개 사진이었다. 덴마크에 간 지 얼마 되지 않아 형이 보낸 사진이었다.

따뜻한 햇살이 발끝을 감싸는 걸 느끼며 잠에서 깼다. 아침이었다. 어젯밤 정신없이 내리 잤더니 머리가 맑아졌고 기분도 상쾌했다. 나는 그대로 침대에 누워 주말 아침의 평온함을 좀 더 느끼기로 했다. 머리맡의 핸드폰을 확인해 보니 윤수에게 메시지가 와 있었다. 두세 문장이었지만 내가 괜찮기를, 행복하기를 바라는 윤수의 진심이 느껴졌다.

—그러니까 영현아, 우리 제대로 완성해 보자.

윤수의 메시지는 그렇게 끝나 있었다. '제대로'라는 단어에서 윤수의 천진한 에너지가 느껴져 피식 웃음이 났다.

—좋아, 그럼 오늘 저녁 우리 집에서 영화부터 같이 보자.

답장을 보내고 나는 침대를 박차고 일어났다.

영화를 보기로 한 제안에 아빠까지 포함된 건 아니었는데 어쩌다 보니 우리 셋은 소파에 나란히 앉아 있었다. 미세하게 올라간 아빠 입꼬리에 기대감이 서려 있었다.

아빠의 벽을 망가뜨린 이후 아빠와 한마디도 하지 않았다. 아침에 일어나 거실에서 마주쳤을 때도 아빠는 말없이 아침을 차려 주더니 방으로 들어갔다. 어제 학교에서 있었던 일이 떠올랐다. 아빠도 나와 비슷한 일을 겪었을까. 나는 아빠가 섣불리 비관하지 않고 자신의 경험을 바탕으로 조언해 주는 어른이었다면 어땠을까 늘 생각해 왔다. 하지만 어제 같은 일을 수없이 겪는다면, 나는 좌절하지 않고 살아갈 수 있을까. 아빠는 아무 일도 없던 것처럼 소파에 앉아 영화가 시작되길 기다리고 있었다. 없던 일로 넘기는 게 가장 쉬운 일이라는 듯이. 아빠는 늘 이런 식이었지만, 오늘은 아빠의 그런 모습이 어쩐지 쓸쓸하게 느껴졌다.

고화질로 봐야 한다며 구독 중인 스트리밍 사이트에서 영화를 다운로드해 온 윤수가 마치 제집처럼 노트북을 티브이에 연결했다. 전자레인지에 돌린 팝콘을 들고 오는 타이밍에 맞춰 윤수가 노트북의 재생 버튼을 눌렀다. 영화사 로고의 사자가 포효한 뒤 황량한 캔자스 시골 풍경이 세피아 톤으로 펼쳐졌다. 그런데 무슨 이유에서인지 소리가 나오지 않았다. 윤수가 노트북을 이리저리 만져 보더니 아무래도 오디오 호환에 문제가 생긴 것 같다고 말했다. 〈오버 더 레인보(Over the Rainbow)〉를 부르는 도로시 목소리가 들리지 않았다. 노트북을 재부팅하고 다시 틀어도 소용이 없자 묵묵히 기다리던 아빠가 그냥 보자고 말했다. 아빠에게는 상관없는 문제일 것이다. 윤수도 대본을 쓰려면 어차피 두 번 이상 봐야 한다며 자막이 있으니 일단 보자고 아빠 말을 거들었다.

소리 없는 뮤지컬 영화가 시작되었다. 아파트 창문 너머로 해가 지고 있었고, 영화 속 인물들이 과장된 몸짓과 표정으로 움직였지만 아무 소리도 들리지 않았다. 나는 어제 방송실에서 있었던 일이 떠올라 잔뜩 긴장했다. 하지만 이 시간에 늘 드리우는, 보랏빛을 머금은 진한 오렌지색 햇살이 마치 이 영화의 일부처럼 거실 창으로 쏟아졌고, 그 순간 신기하게도 긴장감이 서서히 누그러졌다. 무지개 너머를 꿈꾸는 도로시의 세상에는 색깔도 소리도 없었지만 도로시가 바라보고 있는 하늘 위의 햇살은 우리 집의 그것과 다름없이 눈부셨다.

지금 이 순간, 아무 소리도 없는 이 공간이 한없이 낯설면서도 한없이 익숙하게 느껴졌다. 마치 새로운 세계에 들어온 것 같았지만, 분명 내가 사는 내 집이었다. 이곳에 내가 착각할 만한 건 아무것도 없었다. 아빠와 나는 같은 영화를 보고 있다.

아빠는 무슨 생각을 하고 있을까? 오늘 같은 날은 여기도 살 만하다고 생각하지는 않을까.

세피아 톤이었던 도로시의 세계가 화려한 무지개 너머의 세계로 바뀌는 순간, 아빠가 옅은 탄성을 내뱉었다.

한여름의
체육 시간

온하나

온하나

프리랜서 작가. 대본을 주로 쓴다. 「한여름의 체육 시간」이 첫 번째 소설이다. 사람을 사랑하는 마음을 잃어버리지 않는 작가가 되고 싶다.

여름은 어릴 때부터 무엇이든 빨랐다. 생후 3개월 만에 뒤집기를 했고, 네 살 때는 책을 읽었고, 여섯 살 때는 엄마가 장보러 나가도 혼자 집에 있을 수 있었고, 일곱 살 때는 엄마 지갑에서 동전을 훔쳐 사탕을 사 먹을 수 있었다.

무엇이든 빨랐기 때문에, 여름은 남들보다 1년 일찍 유치원에 갔다. 유치원에서도 내내 혼자 책을 읽고 종이접기를 하고 사탕을 까먹으며 엄마가 데리러 올 때까지 얌전히 시간을 보냈다.

유치원 졸업식 전날 선생님은 하고 싶은 놀이를 하라고 했다. 여름은 그때 처음으로 아이들에게 다가갔다. 아이들은 좀비 게임을 하고 있었다. 그중 머리를 리본으로 단정하게 묶고

유독 말이 많은, 늘 누군가와 함께 있는 여자아이에게 여름은
같이 좀비 게임을 해도 되느냐고 물었다.

"미안, 우리 이미 다 차서 안 되는데."

"술래도?"

"응, 술래도. 다음에 같이하자."

마지막 날이었으니 다음은 없었다. 웃고 소리 지르며 노는
아이들의 소리를 들으며, 여름은 평소처럼 소파에 앉아 동화책
을 꺼내 들었다. 처음으로 친구가 없다는 걸 깨달았다.

여름은 혼자 하는 것들만 빨랐던 것이다.

그건 여름이 열일곱 살이 될 때까지 계속됐다. 친구가 없다
는 건 칠판과 교과서를 보면 되는 시간에는 티가 나지 않았다.
하지만 자유가 주어진 시간에는 시선을 둘 데가 마땅치 않았
다. 이럴 땐 무언가를 하고 있는 것처럼 행동하면 자존심을 지
킬 수 있었다. 노래가 나오지 않더라도 이어폰을 끼고, 깨어 있
더라도 자는 것처럼 엎드려 있으면 괜찮았다.

이번 쉬는 시간에도 여름은 매우 피곤한 것처럼 엎드려 있
었는데 누군가가 지나가면서 책상을 쳤다. 일어나 보니 반 아이
들 모두 정신없이 체육복으로 갈아입고 운동장으로 나가고 있
었다. 까딱하면 교실에 혼자 남을 뻔했다. 여름도 다른 아이들처

럼 얼른 체육복을 갈아입고 운동장으로 나갔다.

아주 이상한 5월이었다. 봄을 밀어내고 여름이 너무 성급히 와 버린 것 같았다. 태양은 운동장 위의 모든 생명체를 남김없이 녹여 버리겠다는 듯 내리쬐고 있었다. 태양 아래 아이들은 정해진 자리에 줄을 맞춰 섰다. 아직 수업 전인데도 등줄기에서는 땀이 주룩주룩 흘러내렸다. 지구 온난화 때문에 기후가 미쳐 돌아가는 건지, 전 세계에서 공장을 하도 돌려 대서인지, 그냥 세상이 망하려는 건지. 정말 알 수 없는 5월 날씨였다. 여름을 유난히 힘들어하는 여름에게 더운 날 운동장 수업은 최악이었다.

나이가 지긋한 여름의 담임이자 체육 교사인 영호 대신, 아이들과 나이 차이가 많지 않아 보이는 젊은 남자가 다가와 그들 앞에 섰다. 키가 크고 쾌활한 느낌을 주는 그는 수줍음을 숨기기 위해서인지 더 밝은 표정을 지었는데, 그 분위기가 열일곱 살 아이들의 시선을 더욱 집중시켰다. 아이들이 늘 봐 왔던 체육 교사 영호는 두꺼운 금목걸이와 호루라기를 목에 건 채 배를 쑥 내밀고 서서 턱짓과 의성어만으로 의사소통하는 사람이었다. 이 남자는 그런 영호의 분위기와는 너무 달랐다. 새로 온 남자가 어색하게 헛기침했다.

"1반 학생들이지? 흠흠, 안녕. 이렇게 갑자기 인사를 하게 돼서 당황스러울 거고, 나도 좀 당황스럽네. 나는 이번에 새로 온 교생 남준영이야. 담임 선생님께서 갑자기 일이 생기셔서 내가 바로 운동장 수업을 하게 됐는데 잘 부탁해."

아이들은 박수를 치며 환호했다. 분명 영호가 자기 수업을 온 지 첫날밖에 안 된 불쌍한 교생에게 떠맡긴 것이다. 아이들에게도 어색한 상황을 이해하는 마음과 처음 온 사람을 환영하는 배려가 존재했다. 게다가 준영의 선명한 얼굴선과 하얀 피부, 보조개, 열정이 가득한 눈동자는 아이들의 호감을 사기에 충분했다. 준영은 몇 번이나 인사를 반복했다.

"내가 아침부터 출석부 보면서 우리 반 친구들 얼굴이랑 이름 열심히 외웠거든? 그래도 혹시 틀리면 서운해하지 말고 꼭 얘기해 줘. 얼른얼른 다 외울게. 그럼 오늘은…… 아이고, 갑자기 수업을 맡게 돼서…… 그러니까, 뭘 할 거냐면……."

준영이 앞에 놓인 축구공을 능숙하게 트래핑 해서 잡자 아이들이 다시 환호했다. 준영이 부끄러워 고개를 저었다.

"어, 아냐. 그러지 마. 흠흠, 우리가, 간단한 게임을 할 건데……."

준영은 축구공을 든 채 아이들 한 명 한 명 바라보았다. 그러고는 갑자기 여름을 향해 공을 던졌다. 여름이 얼결에 공을 받았다. 준영이 환하게 웃으며 말했다.

"여름이가 술래야."

여름이가 술래야. 여름의 귓가에 이 말이 메아리처럼 울렸다. 준영의 표정과 목소리, 따가운 햇볕과 맨질맨질한 공의 감촉까지도, 영화의 한 장면처럼 여름에게 저장되었다. 수많은 아이들 사이에서 여름의 이름이 불렸다. 이어폰을 낄 필요도 엎드려 있을 필요도 없었다.

여름은 드디어 술래가 되었다.

*

학교를 마치고 집으로 돌아온 여름은 신발을 벗으며 거실까지 닿지도 않을 작은 목소리로 인사했다. 아무도 대답하지 않았다. 현관문을 열자마자 택배 상자들이 양옆에 위태롭게 쌓여 있었다. 정리되지 않은 물건도 숲을 이룬 것처럼 곳곳에 가득했다. 어느 순간부터 수년에 걸쳐 물건이 쌓이기 시작했는데 아무도 정리하려 들지 않았다. 공간을 차지하며 겹치고 쌓일 뿐이었다. 여름은 자주 물건에 발을 찧었다.

현관문에서 여름의 방으로 가는 사이에 뜬금없이 컴퓨터가 놓여 있었다. 거실과 연결되어 있다기엔 거실이 보이지 않는 모서리였고, 여름의 방과 연결되어 있다기엔 문으로 막혀 있는 공간이었다. 여름이 방으로 들어갈 때 항상 거쳐야 하는 곳이기도 했다. 그리고 그곳에는 겨울이 있었다.

겨울은 헤드폰을 낀 채 화면 속으로 빨려 들어갈 것처럼 컴퓨터 게임을 하고 있었다. 겨울은 예고 미술과였지만 게임 중인 겨울의 손가락은 그림 그릴 때보다도 빠르고 날렵하게 움직였다. 컴퓨터 책상 위에는 과자 봉지와 배달 용기, 컵, 책들이 지저분하게 쌓여 있었다. 지금은 겨울이 학원에 있어야 할 시간이었지만 집에 있는 겨울에게 뭐라고 하는 가족은 없었다. 여름 또한 마찬가지였다. 여름이 그대로 겨울을 지나쳐 방으로 들어가려는데 겨울이 화면에서 시선을 떼지 않은 채 말을 걸었다.

"야, 뭐 시켜 먹을래?"

"엄마는?"

"장 보러."

엄마는 장 보는 걸 좋아했다. 자주, 오랫동안 장을 보았다. 문득 여름은 엄마 목소리를 들은 것도 꽤 오래전이란 생각이 들었다. 여름이 배달 어플을 켰다.

"한식?"

"아니."

"중식?"

"아니."

"양식?"

"음, 먹고 싶은 게 없네. 라면 먹을까?"

여름은 슬슬 짜증이 나기 시작했다. 대꾸하지 않고 그냥 들어가려는데 겨울이 불쑥 말했다.

"아빠 늦게 오나."

밤 10시가 넘어가고 있었다. 아빠는 보통 집에 있었다. 청력이 나빠지면서 일을 그만두었고 그러고 나서 아무것도 하지 않았다. 아빠가 하는 유일한 일은 딱 두 가지였다. 술을 마시거나 티브이를 보는 것. 청력이 나빠진 아빠는 모든 걸 무음으로 설정했다. 말없이 술을 마셨고 무음으로 티브이를 보았다. 이 시각에 집에 있지 않으면 아빠는 매우 높은 확률로 술에 잔뜩 취해 들어오고는 했다. 어제도 그랬다.

"어제 새벽에 개시끄러웠는데."

겨울이 한 번 더 툭 던지듯 말했다. 여름과 겨울은 밤에 있었던 일을 서로 입 밖으로 꺼내지 않았다. 밤에 있었던 모든 일이 해가 뜨면 사라지기라도 하는 것처럼. 입 밖으로 꺼내면 있었던 일이 되니까. 그런데 오늘은 유난히 겨울이 말을 많이 했다.

"아침에 소파 밑에 봤어?"

아침이 되어도 사라지지 않은 일이 있었다.

"엄마 머리카락 떨어져 있던데, 한 움큼."

여름은 지난밤 이어폰을 끼고 잠이 들었다. 아빠가 늦게 들어올 것 같았고 어떤 소리도 듣고 싶지 않았다. 그리고 애써 듣지 않았던 일을 군이 알고 싶지 않았다. 겨울의 말에 담긴 감정에 대해서도 어떻게 반응해야 할지 감당이 되지 않았다.

"라면 끓여 줘?"

그래서 여름은 겨울에게 라면을 끓여 주겠다고 말했다.

"됐어."

겨울은 다시 게임을 시작했다. 여름은 겨울을 지나쳐 자신의 방으로 들어갔다.

그리고 여름은 아빠가 집에 들어오기 전에 이어폰을 끼고 잠들었다. 다음 날 알람 소리에 잠에서 깬 여름이 조용히 거실로 나와 소파 밑을 확인해 보았다. 오랫동안 청소하지 않아 쌓인 먼지 뭉치만 남아 있을 뿐이었다.

아무 일도 없었다.

*

준영의 왼쪽 볼에 보조개가 있었다. 수업에 몰두하다가 저도 모르게 목소리가 커지면 문득 머쓱해져 웃을 때가 있는데, 그때마다 보조개가 깊이 파였다. 그 보조개의 틈은 마법 같은 효과가 있어서 아이들은 준영에게 마음을 열어 자신의 틈 또한 내주었다. 준영이 칠판에 쓰는 커다란 글자는 선생이란 직업에 어울리지 않는 악필이었는데 이 빈틈 또한 아이들을 즐겁게 했다.

준영의 이론 수업은 단체 스포츠 활동에 참여함으로써 한 집단의 일원이 되어 다른 구성원과 상호 작용을 통해 소속된 집단의 문화를 배울 수 있다는, 학부 논문처럼 재미없는 내용이었다. 사실 교과 과정과 특별히 연결된 학습 주제는 아니었으나 준영은 젊은 교생 특유의 열정으로 굳이 이 내용을 준비해 와 수업하고는 했다. 이미 틈을 내준 아이들은 준영이 무슨 내용으로 수업하든 상관없이 경청했다.

수업 끝나는 종이 울리자 준영은 앞으로 점심시간마다 번호대로 개인 상담을 하겠다며 수다나 같이 떨자고 했다. 여자아이들은 관심 없는 척하면서도 준영과 어떤 이야기를 할지 내심 기대하고 있었다.

"교생 완전 귀엽지 않냐."

민아가 말했다. 준영이 교실을 나간 직후였다. 여름은 이어폰을 낀 채 자신의 책상 근처에서 이야기하고 있는 민아와 현지, 서윤의 대화를 듣고 있었다. 정확히는, 들려왔다. 그 세 사람은 언제나 같이 다녔고 쉬는 시간마다 여름의 뒷자리인 민아 곁으로 와 수다를 떨었기 때문에 여름은 그들에 대해 대충 알고 있었다. 그중 민아는 지난 운동장 수업 때 술래가 된 여름이 공을 빼앗지 못하도록 가장 적극적으로 막던 아이였다. 덕분에 여름은 수업이 끝날 때까지 계속 어리숙한 동작으로 헛발질하며 공을 쫓아다녀야 했다.

"상담 때 무슨 얘기할 거야?"

서윤이 앞머리를 만지며 물었다. 오늘 매직기를 잘못 써서 앞머리가 직각이 되어 버렸다는 서윤은 하루 종일 앞머리에 신경이 쏠려 있었다.

"성적 얘기나 나오겠지, 뭐."

현지가 다음 수업 교과서를 꺼내며 관심 없는 것처럼 말했다.

"연애 얘기하면 재밌을 것 같은데."

민아의 말에 서윤이 눈을 반짝였다. 서윤의 시선을 느낀 민아가 말을 덧붙였다.

"남친 있는데 딴 오빠랑 영화 본 얘기?"

"미쳤냐."

현지가 민아를 타박했다. 하지만 서윤의 취미는 짝사랑이었고 자칭 로맨스 중독인 아이였다. 서윤이 적극적으로 민아에게 물었다.

"연애는 어떻게 하는 거야? 나 좋아하는 애 있어. 이번에는 진짜 결혼할 거야."

"걔도 좋대?"

민아가 칼같이 받아쳤다. 기분이 그대로 티가 나는 서윤은 바로 시무룩해했다. 둘의 모습에 현지가 웃으며 말했다.

"연애 상담은 교생 쌤이랑 할 게 아니라 강민아랑 해야 한다니까?"

"그래. 너네는 상담 나랑 해. 교생 너무 귀여워서 교생이랑 연애 상담은 나만 할 거야."

민아의 말에 서윤이 현지를 보았다. 현지는 자신의 교복 블라우스에 묻은 얼룩을 지우려고 문지르고 있었다. 서윤이 물었다.

"현지 너는 연애도 관심 없고 공부도 잘하니까 고민 같은 거 없겠다, 그치?"

"나 요새 옷 입는 거로 아빠랑 겁나 싸워."

현지는 또 현지만의 고충이 있는 모양이었지만 서윤은 이해가 가지 않았다.

"네 옷이 뭐가 어때서. 유교걸이 따로 없구만."

"내 말이. 시대가 어느 땐데 여자 옷차림이 어쩌고저쩌고 완전 꼰대야. 맨날 몇 시까지 들어와라 어째라 저째라. 우리 아빠 내 얼굴 보면 무슨 버튼 눌린 것처럼 말해. 차라리 AI랑 말하는 게 낫겠다니까."

현지의 말이 길어지자 서윤은 거울을 보고 틴트를 바르며 대화를 이었다.

"우리 엄만 일관성 있게 성적만 봐. 내가 벌거벗고 다녀도 모를걸. 한번 벗고 다녀 봐?"

"상담 때? 그거 성희롱 아니냐?"

민아는 서윤의 저격수 같았다. 틴트를 잘못 바른 건지 서윤의 입술이 시뻘게졌다.

"하지 마. 나 좋아하는 애 있다니까? 걔 앞에서만 벗을 거야."

"걔도 좋대? 그것도 성희롱이야."

민아의 말에 다 같이 웃다가 현지가 팔꿈치로 여름을 쳤다. 여름이 돌아보자 웃음소리가 멈추고 갑자기 어색한 침묵이 흘렀다. 현지와 민아, 서윤이 여름을 보고 있었다. 여름은 지금이 틈이라는 사실을 순간적으로 직감했다. 현지가 어색한 분위기를 깨고 사과하고 나면, 여름은 이 틈을 놓치게 된다. 여름을 향해 있는 시선은, 그들의 웃음과 대화는, 다시 그들 사이에서만 존재할 것이었다. 현지가 입을 떼려는 순간이었다. 그 틈에…….

"나도 좋아하는 사람 있어."

그 말은 아주 자연스러운 척, 여름에게서 튀어나왔다. 생각하고 한 말은 아니었다. 여름이 하려던 건 사실 그런 게 아니었다. 아침부터 마지막 수업이 끝날 때까지 오늘 한 번도 입을 연 적 없는 여름은 그저 말이 하고 싶었다. 잠깐만 붙잡고 싶었다. 튀어나온 그 한마디로 아이들의 관심은 여름에게 집중됐고, 누구냐, 몇 살이냐, 우리 반이냐, 우리 학교냐 등의 질문 폭격이 이어졌다. 대화는 집에 가면서도 끊임없이 이어졌고 오늘은 고등학교에 와서 여름이 가장 오래 대화한 날이 되었다. 그 대신 여름은 있지도 않은 오랜 짝사랑 상대를 만들어 내야만 했다. 짝사랑조차 한 번도 해 본 적 없는 여름이 그럴듯한 짝사랑 이야기를 만드는 건 쉽지 않은 일이었다. 이야기는 예상치 못하게 흘러갔고 여름은 점점 자신이 무슨 이야기를 하고 있는지 조절할 수 없었다.

이야기가 끝난 후, 여름은 그들의 그룹 채팅방에 초대되어 있었다.

여름의 로맨스는 장을 보러 간 집 앞 마트에서 시작되었다.

두릅이 제철이라 사려 했으나 예산보다 비싸서 들고 있던 팩을 들었다 놓기를 반복했다. 두릅을 포기하려다가 생각을 바꿔 여름이 좋아하는 바나나를 포기해 아빠가 좋아하는 두릅을 사는 돈에 보태기로 결심했다. 바구니 안에 얌전히 있던 바나나를 원래 있던 매대에 갖다 놓고 두릅을 가져오려는데, 마지막 남은 두릅을 어떤 남자가 홀랑 집어 가는 것이다. 남자가 장을 보러 와서 술 코너도 아닌 채소 코너에서 두릅을 집어 간다니, 일반적인 일은 아니었다. 두릅을 선택한 사람이 궁금해져 지나가면서 슬쩍 얼굴을 봤는데, 정말이지 집에서 손에 물 한 방울도 묻히지 않을 것처럼 생겼다. 까만 피부에 각진 턱, 쌍꺼풀 없는 눈이 그러했다. 턱과 쌍꺼풀이 집안일과 무슨 상관이냐고 묻는다면 할 말은 없지만 왠지 그냥 느낌적인 느낌이 그랬다. 정말 그가 저 두릅을 사 가 강한 가시를 제거하고 물에 살짝 데쳐서 저녁을 해 먹는 걸까? 궁금증이 생겼지만 언제 집에 오느냐는 겨울의 연락에 여름은 그대로 집에 돌아갈 수밖에 없었다.

삼성페이로 결제한 여름은, 다음 날이 되어서야 지갑이 사라졌다는 사실을 깨달았다. 대체 언제 어디에서 잃어버린 걸까. 혹시나 하는 마음에 당근 어플을 열어 동네 생활에 올라온 글을 확인하는데 운명처럼 어제 갔던 마트에서 지갑을 주웠다는 글이 올라와 있었다. 여름은 서둘러 댓글을 달아 연락을 했고 지갑을 돌려받기 위해 글쓴이와 마트 앞에서 만나기로 했다. 더 운명처럼, 그는 마지막 남은 두릅을 집어 간 바로 그 남자였다.

그때부터 여름은 어떤 알 수 없는 끌림을 느꼈다. 아니, 어쩌면 처음부터였을지도 몰랐다. 알고 보니 그들은 같은 동네 주민이 었고 두 사람은 종종 장을 볼 때 마주쳤다. 두 사람 다 처음 만 났던 그 시간 그 마트 그 채소 코너에서 계속 마주쳤기 때문에 어쩌면 의도된 우연일지도 몰랐다. 남자는 여름을 마주칠 때마 다 얼굴의 모든 근육을 다 사용해 웃으며 반갑게 인사했다. 그 렇게나 반갑게 인사할 수가 없었다. 그때마다 최소한 이 채소 코너에서만큼은 여름이 세상의 주인공이 된 것만 같았다.

"두릅남과 홈플러스 로맨스라니. 홈플 매일 가야겠네. 썸 타 다가 효녀 될 듯."

여름의 두릅 로맨스에 대해 민아가 후기를 남겼다.

"왜 두릅이랑 홈플러스만 기억해? 동네 로맨스, 당근 로맨 스. 다른 말을 붙여도 되잖아."

서윤은 여름의 이야기에 푹 빠졌는지, 더 그럴싸한 로맨스 이름을 붙여주고 싶어 했다.

"짝남 이름은 뭔데? 웹소설 남주 같은 이름이면 좋겠다."

"이름은…… 비밀이야."

여름이 대답을 망설이자 아이들은 여름이 부끄러워한다고 생각하는 것 같았다.

"그럼 나이라도 대충 알려 줘. 그래야 몰입할 수 있단 말이야."

서윤의 물음에 여름은 자기보다는 많은 것 같다고 애매하게 대답했고 서윤은 오빠라는 것에 설레 했다.

"근데 진짜 너희 집은 네가 장 봐서 저녁 해?"

현지는 여름의 로맨스보단 고1이 마트에 가서 두릅을 사려 했다는 이야기가 더 충격적이었나 보다. 왜 하필 붙여도 두릅 같은 걸 갖다 붙였을까. 빨간 사과나 동그란 오레오 과자 같은, 좀 더 예쁜 걸 붙일 걸 그랬다고 여름은 후회했다. 다행히 비록 두릅 로맨스라 해도, 아이들은 적극적으로 여름을 도와주려 했다. 연애를 많이 해 본(지금도 동시에 세 명과 썸 타는 중이라는) 민아는 몇 개를 체크해 보듯 물었다.

"그래서 두릅남이랑 여러 번 만났어?"

"목요일 저녁마다 장 보러 가니까 그때마다 봐."

"번호는 교환했어?"

"응."

"그럼 연락은 계속해?"

"가끔 문자 하는 정도?"

"문자? 뭔 문자를 해? 메신저 안 쓴대?"

"아, 메신저도 하고!"

여름이 자기도 모르게 문자라고 한 말을 정정했다.

"두릅남 구석기 사람이야?"

어이없어 하면서도 민아는 다시 조언해 주었다.

"그래도 연락 꾸준히 하는 거면, 다음에 같이 밥 한번 먹자고 해."

"어떻게 그런 말을 해?"

"뭘 해야 다음 단계로 가지. 둘만의 뭔가를 만들어 봐. 아니, 그리고 밥 먹는 게 뭐 어때서. 인간은 모두 밥을 먹잖아? 이게 약간 미묘하게 굴어야 해. 얘가 친구로 이러는지, 아님 썸인 건지 뭔지 애매하게. 그래야 괜히 좀 설레고 말랑말랑해진다고. 이서윤, 이걸 네가 왜 적고 있어?"

핸드폰으로 민아의 말을 메모하던 서윤이 배시시 웃었다.

"네 짝남은 아직 네 이름도 모르잖아."

민아가 팩트를 날리자 서윤이 툴툴댔다.

"그래서 넌 어떻게 하고 싶은데?"

듣고만 있던 현지가 여름에게 물었다. 그렇게 직접적으로 물으니 할 말이 없었다. 두릅남은 여름의 상상 속 존재니까. 하지만 여름이 두릅남에게 무언가를 해야만 한다면, 하고 싶은 게 있다면.

"편지?"

여름의 대답에 민아의 얼굴이 왕창 구겨졌다.

"진심이야? 아예 새에 묶어서 보내지 그래?"

민아의 빈정거림에도 불구하고 여름은 진짜로 편지를 쓰기로 했다. 민아는 그런 촌스러운 방식은 망할 거라며 반대했지만 서윤은 러브레터라는 단어에 설레 했다. 현지는 여름이 좋아하는 사람이니 후회하지 않도록 여름이 하고 싶은 걸 해야 한다는 입장이었다. 여름이 러브레터를 완성해 두릅남에게 전해주는 전략. 굳이 그런 구린 전략을 쓸 거면 자기한테 연애 상담은 왜 하는 거냐고 민아는 잠들기 직전까지 그룹 채팅방에서 싫은 티를 냈다.

여름은 자신의 방 책상 앞에 앉아 분홍색 편지지를 내려다보았다. 당연히 편지를 써 본 적도, 쓰려고 해 본 적도 없었다. 무슨 말을 쓰는 게 좋을까? 무슨 말을 쓸 수 있을까?

밖에서 엄마와 아빠가 싸우는 소리가 들렸다. 술에 취한 아빠는 언제나 화가 나 있었다. 아빠의 청력이 나빠진, 이명이 들리게 된 수많은 스트레스 원인은 아빠가 술에 취할 때마다 나열되었다. 아빠가 운영하는 식당 위생을 신고한 손님, 거의 사기 수준으로 권리금을 올려 받은 이전 사장, 엉망진창으로 일한 인테리어 업자, 돈이 급한데 빌려주지 않은 삼촌, 투자금의 열배 수익금을 보장해 주겠다던 중학교 동창. 대상은 매일 달랐지만, 결국 모든 원망과 비난의 끝은 신기할 만큼 언제나 엄마로 연결됐다. 당신이 그때 식당 하자고만 안 했어도, 라는 결말이었다. 매일 최선을 다해 살아온 아빠는 탓할 대상이 필요했다. 그러지 않으면 도저히 삶을 인정할 수가 없었다.

여름은 이어폰을 끼려다 내려놓았다. 그리고 방문을 열고 나왔다. 부모님이 싸울 때 방 밖으로 나온 건 처음 있는 일이었다. 여름이 눈에 띄지 않게 조심해 가며 탁자에 놓여 있던 엄마 핸드폰을 집어 들었다. 방으로 돌아온 여름은 능숙하게 엄마 핸드폰 비밀번호를 눌렀다. 비밀번호는 단순하게도 겨울의 생일이었다. 문자 내용부터 사진 폴더까지 이리저리 훔쳐보고는, 이어폰을 껐다. 록 음악을 듣기로 했다. 절절한 사랑 노래였다. 여름은 두릅남에게 끌리게 된 이유를 생각해 보았다. 어쩌면 마트에 가는 길이 줄곧 외로웠을지도 몰랐다. 남을 위한 물건으로만 장바구니를 채우는 일에 지쳤을지도 몰랐다. 그러던 중 두릅남과 시선을 마주했을 때, 그가 온전히 나만을 바라봤을 때, 형언할 수 없는 어떤 감정이 올라왔을지도 몰랐다. 갑자기 여름은 더 이상 상상하기 싫어졌다. 그 마음을 이해하고 싶지 않았다. 한 글자도 쓰지 않은 편지지를 보다가 펜을 들었다. 더 이상 가짜 마음에 대해서는 상상하지 않기로 했다. 여름은 편지에 진짜 자신의 마음을 한 자씩 천천히 써 내려갔다.

*

"별 얘기 안 했어. 무슨 일 있음 아무 때나 연락하래. 번호
도 가르쳐 줬어. 뭐, 그냥 하는 말이겠지."

준영과 개인 상담을 하고 온 현지가 아이들 앞에서 상담했
던 내용을 말하고 있었다. 별거 아니란 듯한 뉘앙스와는 달리
평소보다 목소리가 조금 높았다. 개인 상담이 끝난 후 아이들은
서로 무슨 이야기를 했는지 공유했지만, 사실은 자기만이 준영
과 특별한 대화를 했기를 내심 기대하는 것 같았다. 아이들은
대수롭지 않은 척하면서도 예민하게 서로의 이야기에 귀를 기
울였다. 상담은 대부분 끝났고 이제 여름을 포함한 몇 명만 남
아 있었다.

"아, 그리고 쌤 하리보 좋아한대."

현지가 자기만 아는 비밀을 알려 주는 것처럼 말했다.

"귀엽네."

민아는 준영이 맘에 든 모양이었다. 여름은 민아가 준영에
대해 남자애들 대하듯 당돌하게 말하는 게 불편했다. 아무리 그
래도 준영은 선생님이고 어른이니까 그런 방식으로 말하고 싶

지 않았다. 물론 여름도 아주 가끔 준영이 귀엽다고 생각했다. 수업하다 실수했을 때, 반 아이들 이름을 착각해 잘못 부르고 미안해했을 때, 남자아이들의 장난을 똑같이 받아쳤을 때, 종종 특이한 말끝의 억양과 그리고……. 준영이 귀여운 순간이 끝없이 여름의 머릿속에서 흘러나왔다. 아무래도 가끔이 아닌 모양이다.

"나 편지 다 썼어."

여름이 대화 주제를 바꾸기 위해 책상 서랍에서 편지를 꺼내 들었다. 아이들 시선이 여름에게 집중됐다.

"보여 줄 거야?"

서윤이 보고 싶다는 듯 애절하게 물었지만, 여름이 거절하며 서랍 속에 다시 편지를 넣었다.

"이거."

현지가 여름에게 색깔 립밤을 내밀었다. 여름은 발라 본 적 없는 진한 색이었다.

"편지 줄 때 입술에 뭐라도 바르고 가라고."

여름이 고맙다고 말하려는데 서윤이 끼어들었다.

"같이 화장품 보러 갈래? 쿠션이랑 마스카라도 좀 바르면 완전 여신 될 것 같은데."

그날 여름은 처음으로 학원을 빼먹고 친구들과 화장품을 사고, 멜론 하나가 통째로 들어간 빙수를 나눠 먹고, 영화를 보았다. 멜론 빙수는 광고할 때마다 맛있어 보였으나 혼자 하나를 다 먹을 엄두가 나지 않아 처음 먹어 보는 것이었다. 연유를 섞고 멜론을 쪼개어 나눠 먹으면서 아이들은 끊임없이 떠들어 댔는데 그 속도에 맞추기 위해 여름은 두릅남에 대한 몇 가지 정보를 더 말해야 했다.

"웃을 때 보조개가 있어. 얼굴이 좀 하얗고 밝은 성격인 것 같은데 학교 다녀."

듣고만 있던 민아가 갑자기 한마디 덧붙였다.

"얼굴 까맣다고 하지 않았어?"

잠시 침묵이 생겼다. 여름은 처음에 두릅남에 대해 어떻게 묘사했는지 정확하게 기억나지 않았다. 그제야 여름은 두릅남의 이미지가 처음과는 다르게 조금씩 준영의 이미지로 변하고 있다는 걸 깨달았다.

"그랬나? 잘 모르겠는데."

다행히 현지도 잘 기억이 나지 않는 듯 어색한 침묵을 깨 주었다.

여름은 더 이상 의심이 생기지 않도록 화장 잘하는 방법을 물어보며 상황을 무마했다.

★

　학원도 빼먹고 늦게 집으로 돌아왔음에도 가족 중 누구도 여름에게 전화하지 않았다. 겨울은 어제와 똑같은 자리에서, 옷을 갈아입지도 씻지도 않은 몰골로 게임을 하고 있었다. 여름은 고작 학원을 빼먹은 거지만 겨울은 학교도 가지 않은 듯한 모습이었다. 여름이 모른 척 겨울을 지나쳐 방으로 들어가려는데, 겨울이 불쑥 말했다.

　"엄마 폰 비번 알아?"

　여름이 멈춰 서서 겨울을 보았다. 겨울은 여전히 게임에 정신이 팔려 있는 것처럼 보였다.

　"왜?"

　"그냥."

　여름은 비밀번호를 알고 있었지만 말하면 안 될 것 같았다.

　"몰라. 엄마 폰 두고 나갔어?"

　"어."

　겨울이 별다른 말 없이 게임을 계속하자 여름도 방으로 들어가기 위해 방문을 열었다.

　"그럼 '두릅'이 누군지 알아?"

　무언가를 들킨 사람처럼 여름의 심장이 철렁 내려앉았다.

여름이 애써 태연하게 되물었다.

"그게 뭐야. 사람 이름이야?"

"엄마 폰에 뜨던데."

여름은 무슨 말인지 모르겠다는 듯 말없이 방으로 들어왔다. 겨울도 다시 게임에 집중했다. 취하지 않은 아빠는 거실에서 무음으로 티브이를 보고 있었다. 집에는 침묵만 가득했다.

★

아이들은 한껏 꾸미고 온 여름에 대해 점심시간 내내 열렬히 반응했다. 여름은 서윤이 알려 준 대로 앞머리를 말고 쿠션과 틴트를 바르고 살짝 볼 터치까지 했다. 백만 배는 예뻐 보인다며 서윤은 여름을 한껏 치켜세웠다. 오늘이 드디어 디데이인 거냐고 현지가 물었다. 러브레터를 전해 줄 대상은 없었지만 여름은 그렇다고 답했다. 둘이 밥 먹게 되면 손 크기 재 보자고 해, 민아가 스킬을 전수해 주었다.

"여름이 점심 맛있게 먹었어?"

준영이 다정하게 여름을 불렀다. 오늘은 여름이 준영과 개인 상담을 할 차례였다.

아이들의 시선을 받으며 여름은 준영을 따라 교실을 나섰다. 점심시간이라 소란스러운 복도였지만 여름은 준영을 따라 걷는 게 좋았다. 이 시간이 계속됐으면 좋겠다고 생각할 때쯤 준영과 여름은 상담실에 도착했다. 그런데 다른 사람들이 먼저 상담실을 사용하고 있었다. 준영이 다시 시간을 확인해 보고는 조심스럽게 말했다.

"아, 선생님. 제가 오늘 여기 예약해 뒀는데……."

"그랬어요? 이름 못 봤는데."

선생님이라 불린 여자가 날카롭게 말했다. 준영이 예약자 명단까지 보여 줬지만 그녀는 자신의 업무가 너무 급하다며 간단히 준영의 예약을 의미 없게 만들었다. 준영이 알겠다며 상담실을 나왔다. 이렇게 된 거 우리 다른 좋은 곳 찾아볼까, 하며 준영은 조금 과하게 웃었다. 여름은 오히려 준영과 더 걸을 수 있는 게 좋았다. 이번에 준영이 찾은 곳은 교생실이었다. 준영이 문을 열자 대화를 나누던 교생들의 말소리가 뚝 끊겼다.

"아, 저희가 지금 쉬는 중이라서요."

교생들의 말에 준영이 돌아서자 멈췄던 웃음소리가 다시 이어졌다. 아이들 앞에서 언제나 자연스럽고 당당하던 준영이 지금은 조금 경직된 것 같았다. 다시 있을 만한 곳을 찾는 준영의 뒷모습이 조금 초라하게 보이기 시작했다. 결국 돌고 돌아 두 사람은 운동장 스탠드에 자리를 잡고 앉았다. 상담을 할 만

한 공간은 아니라 준영이 미안해하며 매점에서 간식을 잔뜩 사 왔다. 준영이 메로나 아이스크림 껍질을 직접 까서 여름에게 내밀었다. 매미가 시끄럽게 울고 있었다. 준영은 갑작스럽고 산만한 상황에 대해 당황한 것 같았다.

"오늘따라 왜 그러지. 미안. 5월에 무슨 매미가. 날도 진짜 더운데 나 땜에 너무 돌아다녔지."

준영이 머쓱하게 웃었다. 보조개가 파였다. 첫 수업 때와 똑같은 웃음이었는데 피로해 보였다. 수염이 좀 거뭇한 것 같기도 하고 살이 좀 빠진 것 같기도 하고. 하지만 준영은 여름에게 집중하려고 노력하며 친근하게 대화를 시작했다.

"여름이랑은 대화를 많이 못 해 봤네. 뭐, 요즘 고민 같은 거 있어?"

"아니요, 없어요."

여름이 곧바로 말했다.

"그래, 고민 물어보면 아무도 대답 안 해주더라. 그러면 여름이는 뭐 좋아해? BTS, 세븐틴, 뉴진스? 말만 해. 선생님 아이돌 이름 다 외웠어."

여름은 자신이 무얼 좋아하는지 구체적으로 생각해 본 적이 없었다. 준영이 사 준 메로나가 조금씩 녹고 있었다. 흘러내리기 전에 아이스크림을 베어 물었다. 아이스크림은 시원하고 부드럽고 달콤했다. 다 먹는 게 아쉬울 정도로.

"메로나 좋아해요."

여름이 대답했다. 그건 진짜였다.

"그렇지? 아이스크림은 메로나지. 나 진짜 아이스크림 엄청 좋아해서 하루에 다섯 개 먹고 배탈 난 적도 있어."

"선생님 하리보도 좋아한다면서요."

"아, 그래? 내가 그랬나?"

현지에게 하리보를 좋아한다고 했다던 준영은 자신이 그런 말을 했는지도 기억하지 못했다. 상담하는 학생들이 많을 테니 여름이 메로나를 좋아한다는 것도 기억하지 못할 것이 분명했다. 쿠션을 두드린 여름의 얼굴 위로 더위 때문에 진득한 땀이 흘렀다. 여름은 조금 시무룩해졌다.

"우리 반에서 제일 친한 친구는 누구야?"

준영의 질문에 여름은 민아, 현지, 서윤을 떠올렸다. 그래도 이젠 친구라고 불러도 되는 사이 아닐까 생각했지만, 다시 생각해 보니 그들은 여름을 친구라고 말하지 않을 것 같았다.

"민아요."

잠시 고민한 여름이 결국 한 명의 이름을 말했다. 그래야 상담이 수월하게 진행될 것이었다.

"민아는 애들하고 다 친해서 아마 제 얘기는 안 할 거예요."

괜히 찔려서 한마디 덧붙였으나 준영은 그 말을 흘려듣는 것 같았다.

"선생님은요?"

"뭐?"

"선생님은 누구랑 제일 친해요?"

여름의 질문에 잠시 침묵이 흘렀다.

"이철희?"

준영에게서 처음 듣는 이름이 튀어나왔다. 아무리 생각해도 그런 이름을 가진 선생님은 우리 학교에 없었다.

"나 초등학교 때 친구. 지금도 친해. 부산 내려가면 꼭 한 번은 봐. 본가가 부산이라, 완전 동네 친구야."

준영의 말에 여름이 소리 내 웃었다. 그 순간 매미 소리가 들리지 않았다.

"내가 진짜 여름이한테만 알려 주는 거야."

여름이 웃자 준영이 너스레를 떨며 한마디 더 보탰다. 여름은 준영이 혼자가 아니라는 사실이 좋았다.

"하고 싶은 얘기나 수업 때 해 보고 싶은 거 있어?"

"음……. 선생님, 좀비 게임 해 봤어요? 술래가 눈 가리고 잡는 술래잡기 같은 건데 어릴 때 유행이었거든요."

준영은 뭔지도 모르면서 여름의 말에 열심히 고개를 끄덕였다.

"전 한 번도 못 해 봤어요. 자리가 없다 그래서."

"아니, 다들 왜 그런데? 그럼 다음 체육 시간엔 우리 좀비 게임 할까?"

준영의 제안에 여름은 자신이 조금쯤은 중요한 사람이 된 것만 같았다.

"첫 수업 때 비슷한 거 했잖아요. 전 술래가 돼서 좋았어요."

"오, 여름이 술래였어?"

전혀 기억하지 못하는 준영이 해맑게 물었다. 다시 매미가 울었다.

여름이 자신의 책상 위에 준영에게 받은 과자를 우르르 내려놓았다. 과자를 쏟아 놓는 여름에게 아이들의 시선이 집중됐다. 민아도 핸드폰으로 메시지를 보내면서도 시선은 여름의 책상으로 향하고 있었다. 궁금한 건 참지 못하는 서윤이 먼저 반응했다.

"뭐야, 뭐야."

"준영 쌤이 사 주셨어. 먹을래?"

여름은 준영을 교생 쌤이 아닌 준영 쌤이라고 호칭하기 시작했다. 상담 이후 준영과 더 친해진 것만 같은 감정을 은연중에 드러내고 싶었기 때문이다. 보고만 있던 현지와 민아가 여름에게 다가왔다. 민아가 과자 종류를 쓱 확인해 보며 물었다.

"왜 너만 사 줘?"

"운동장에서 상담하는 거 누가 봤다던데. 막 아이스크림 먹고 엄청 재밌어 보였다던데."

현지가 말했다. 여름이 운동장 스탠드에서 상담하게 된 건 사고 같은 일이었지만 아이들의 눈길을 끈 모양이었다. 나란히 앉아 함께 아이스크림을 먹으며 농담하고 간식까지 잔뜩 받은 대상이 인기 있는 학생도 공부를 잘하는 학생도 아닌, 교실에서 아무 존재감 없는, 웃는 얼굴조차 별로 본 적이 없는 한여름이었으니까.

여름은 들떴다. 준영이 여름의 요청대로 다음 수업 때는 좀비 게임을 하자고 한 것도, 아이들이 부러운 듯 여름을 바라보는 것도, 이렇게 관심의 대상이 된 것도 전부 여름에게 안정감을 주었다. 처음이었다. 드디어 여름은 이 교실의 일부가 된 것 같았다. 준영 쌤이 다음 수업 시간에 좀비 게임 할 거래, 너네 좀비 게임 알아? 여름은 어린아이처럼 좀비 게임에 대해 신나게 설명했다. 준영 쌤 부산 사람이래. 왜 억양이 가끔 특이했잖아. 다른 아이들은 모르는 정보에 대해 이야기하면서 여름은 행복한 에너지를 내뿜었다.

이 에너지는 집으로 돌아와서도 계속됐다. 집에 도착한 여름은 신발을 벗으며 모두에게 들릴 만한 큰 소리로 다녀왔습니다, 하고 인사했다. 듣는 사람이 없어도 상관없었다. 오늘 겨울은 방에 틀어박혔는지 컴퓨터 앞에 없었고 거실에선 엄마와 아빠가 싸우는 소리가 들렸다. 아빠는 또 엄마를 비난했고 엄마는 청력이 좋지 않은 아빠를 향해 크게 소리치다가 이내 지친 듯 아무 말도 하지 않았다. 그러자 또 자신을 무시하는 거냐며 아빠의 언성이 높아졌다. 원래 같았으면 여름도 겨울처럼 방으로 들어가 문을 닫고 이어폰을 끼웠을 것이다. 그러나 오늘은 왠지 말을 하고 싶었다. 할 수 있을 것 같았다. 여름이 거실에 나타나자, 집에 아무도 없는 듯 싸우고 있던 엄마와 아빠의 말이 뚝 끊겼다. 그들의 싸움에 겨울이나 여름이 끼어든 적은 한 번도 없었다.

"이혼해."

여름이 말했다.

"아빠는 엄마만 보면 화가 나고, 엄마는 두릅 좋아하잖아."

여름이 말했다. 깊숙이 박혀 있던 가시가 빙글빙글 생채기를 내며 날아가는 것 같았다.

"그냥 이혼하라고!"

이 와중에 아빠는 여름이 하는 말을 알아듣지 못했기 때문에 여름은 다시 한번 크게 외쳐야 했다. 엄마의 비밀을 아빠는 코앞에서도 듣지 못했다. 여름이 방으로 돌아가 문을 닫았다. 심장이 두근거렸다. 눈물이 쏟아질 것만 같았다. 여름은 얼른 사랑 노래를 크게 틀었다. 다시 오늘 있었던 일을 떠올렸다. 그래야 벗어날 수 있다. 준영이 여름에게 어떤 농담을 했는지, 어떤 얼굴로 웃었는지, 어떻게 배려해 줬고, 또 어떻게 여름을 반가워했는지, 여름의 마음에 어떤 식으로 온기가 가득 차올랐는지. 그 모든 것을 한순간이라도 잃어버리게 될까 봐, 여름은 모든 순간을 일기장에 기록했다.

★

알람 소리를 듣지 못해 늦게 일어난 여름이 허둥지둥 학교로 향했다. 조회 시간 직전이 되어서야 간신히 교실 앞에 도착할 수 있었다. 들어가려는데 바로 여름 뒤에 서 있던 준영이 말을 걸었다.

"여름이가 지각을 다 하네?"

"아직요! 쌤보다 먼저 왔잖아요!"

여름이 준영과 거의 비슷하게 교실 안으로 들어갔다. 거의 나란히 들어서는 두 사람을 보자 반 아이들이 조용해졌다. 여름이 자리를 찾아 앉는데 뭔가 교실 분위기가 이상했다. 준영이 문을 열기만 해도 환영해 주던 이전 분위기와 달랐다. 불편한 고요였다. 반 아이들의 침묵에 준영은 눈치를 보고 헛기침한 후 조회를 시작했다. 민아는 준영이 말을 함과 동시에 거울을 꺼내 화장하기 시작했다. 미묘한 분위기에 지적하기는 어려워서 준영은 공지 사항을 재확인하는 질문을 했다.

"민아야, 그래서 오늘 청소는 몇 시부터라 그랬지?"

"모르겠는데요."

앞머리에 헤어롤을 말며 민아가 말했다. 준영은 그 옆자리의 서윤에게도 같은 질문을 했다. "모르겠는데요." 서윤의 대답 또한 같았다. 준영이 청소 시간을 써 놓기 위해 칠판을 향해 돌아서자 무언가 속닥거리는 소리가 났다. 다시 아이들을 향해 돌아서면 조용해졌다. 하루 만에 교실 분위기가 완전히 바뀌어 버린 것이다.

조회가 끝난 후 민아와 현지, 윤서가 같이 모여 이야기하다가 다가오는 여름을 보고 말을 멈추었다. 여름의 시선을 피하는 것 같았다. 여름이 용기를 내 말을 걸었다.

"애들아, 나 어제 너희가 얘기해 준 대로 걔 만났는데……."

"야, 그만 좀 해."

민아의 목소리가 얼음장 같았다. 민아가 피식 웃었다.

"너 교생 좋아하잖아."

모든 게 멈춘 것만 같았다. 아이들의 표정이 차가웠다.

"너 거짓말 잘한다. 완전 자연스럽게 말해서 진짜인 줄 알았네."

민아가 빈정거리듯 말했다.

"나는 진짜 진심으로 도와주려고 했는데."

서윤은 상처받은 것 같았다. 현지는 여름 쪽으로 고개조차 돌리지 않았다. 여름은 무언가 외치고 싶었으나 목이 콱 막힌 것 같았다. 그들을 잡고 싶었지만 무얼 해야 할지 몰랐다.

"그래서, 교생이랑 잘돼 가?"

민아의 말에 여름이 당황해 고개를 들어 민아를 보았다.

"네가 좋아하는 사람 교생이잖아. 보조개가 있고 밝은 성격에 학교에 다니는 연상의 남자."

"아. 아냐. 나는……."

"뭐가 아냐. 쟤가 사 준 립밤 바르고 상담하러 가서, 서로 좋아 죽더만. 학교에 소문 다 났어. 그래도 내가 도와주기로 했으니까 네가 쓴 편지 교생한테 전해 줬어."

"뭐?"

여름이 급하게 책상 서랍을 찾아봤다. 편지가 없었다.

"고백을 아직도 안 했길래 내가 좀 도와준 거야."

민아의 말을 뒤로하고 여름이 교실을 뛰쳐나갔다.

★

안녕하세요, 홈플러스를 성실히 가는 두릅남 씨.

마음대로 두릅남이란 별명을 붙여서 죄송해요. 하지만 홈플러스를 성실히 가는 건 사실이니까 너무 기분 나빠하지 않으셨으면 좋겠어요.

요즘 두릅남 씨에 대해 생각해 봤거든요. 생각하고 싶지 않았는데 어쩔 수 없이 그렇게 됐어요. 좋아하는 감정을 말해야 하기도 했고, 또 어쩌면 나도 좋아하는 사람이 생긴 것 같아서요. 교생 선생님인데 학생이 그러면 안 되니까. 그런데 그런 감정은 갑자기 문득 생기는 거니까. 그래서 엄마도 그런 감정이 갑자기 문득 생겨 버린 걸까, 하고 생각해 봤어요. 지금 모든 상황이 이해가 안 돼서, 해결이 안 돼서 뭐라도 이해해 보려고 했어요. 그런데요, 아무리 생각해 봐도 그 감정은 있을 수 있는데 그 상황은 이해가 안 가요. 우리 엄마 폰 비번이 오빠 생일인데 어떻게 그 비번을 누르면서 두릅남 씨 문자를 읽고 만나려 갈 수가 있어요?

사실은요, 두릅남 씨 기분이 나빴으면 좋겠어요. 두릅남 씨가 마트에 가지 않으셨으면 좋겠어요. 목요일마다 장을 보지 않았으면 좋겠어요. 폰 번호를 바꿨으면 좋겠어요. 아주 먼 데로 이사 갔으면 좋겠어요. 영원히 사라져 버리면 좋겠어요.

그런데요, 만약에 두릅남 씨가 사라져도요. 엄마 폰에서 두릅남 씨 번호가 사라지고, 엄마가 더 이상 목요일마다 홈플러스에 가지 않게 되어도요.

아빠는 계속 술을 마시고 엄마는 여전히 아무것도 하지 않으면 어떡해요?

그래도 아무것도 변하는 게 없으면, 나는 이제 어떻게 해야 해요?

학교를 나온 여름이 계속 걸었다. 목적지는 없었다. 원래는 교무실이든 교생실이든 찾아가 당장 준영을 만나려 했다. 아직 편지를 읽지 못했을 수도 있으니까 되찾아 오려 했다. 만약 그 사이 편지를 읽었다면, 애들이 그냥 장난친 거라고 별일 아니라고 웃으며 넘어가려 했다. 하지만 웃음이 안 나오면 어떡하지, 여름은 멈춰 섰다. 더 이상 웃을 수 없으면, 넘어갈 수가 없으면, 어떻게 해야 하는 걸까. 그럼 준영은 더 이상 여름을 향해 반갑게 웃지도, 술래를 시켜 주지도, 아이스크림을 함께 먹지도 않을 것이다. 그리고 여름을 보고 난처해할 것이다. 여름은 일기장에

한 줄 한 줄 써 놓은 그 순간을 잃어버리기 싫었다. 마음에 차곡차곡 간직해 둔 보물을 흘려 버리기 싫었다. 무서워서 여름은 도망쳤다.

한참을 걷다가 카페에 들어가 멍하니 커피를 축내다 보니 해가 지고 있었다. 해가 지면 집으로 돌아가야 한다. 왜 돌아가야 하는지도 모르면서 여름은 버스 정류장으로 향했다. 학교와는 조금 떨어진 인적이 드문 정류장이었다. 여름이 들어서려는 그곳에서 준영 또한 버스를 기다리고 있었다. 놀란 여름이 급히 돌아서려는데, 준영이 여름을 보고 급하게 외쳤다.

"잠깐, 여름아! 가지 마!"

여름을 붙잡으려고 성급하게 나온 말까지도 심하게 다정했다. 준영은 정말이지 유죄 인간이었다. 어색한 분위기로 여름을 다급히 붙잡는 준영의 모습을 통해 여름은 준영이 여름의 편지를 다 읽었다는 것을 확신했다. 여름이 준영 앞에 섰다.

"쌤 지금 학교에 소문 이상하게 다 났어요. 나 때문에요. 선생님 이제 어떡해요."

"아니, 뭐……. 어쩔 수 없지."

준영이 어색하게 웃었다.

"나 어차피 2주 후면 이 학교 안 오잖아. 여기서 왕따당해도 난 실습 끝나고 본가 내려가서 철희랑 놀면 돼. 근데 넌 계속 학교 다녀야 하잖아. 그리고……."

준영이 힐끗 여름의 눈치를 봤다.

"그러니까, 여름이 마음을 전해 들었으니까, 나도 뭐라고 대답을 해야……."

여름은 정신이 나갈 것 같았다.

"그냥 모른 척하면 되지, 왜 아는 척해서 일을 만들어요!"

여름은 튀어나온 자신의 말이 역겨웠다. 모른 척하는 일은 가장 쉬운 일이었다. 여름의 집에서는 모두가 모른 척하고 있었다. 모두가 침묵 속으로 떨어지고 있었다.

"너무 끔찍해요."

여름이 주어 없이 말하고는 갑자기 울기 시작했다. 눈물은 소리 없이 쏟아져 내렸다. 준영은 당황한 것 같았다. 급하게 휴지를 찾으려고 주머니를 뒤지는 그의 모습은, 여름이 지금까지 봐 온 그와는 전혀 달랐다.

"어, 여름아……. 어, 선생님이 휴지라도. 그러니까…… 지금 휴지가 없네. 선생님이 지금 찾아서 가져다주……는 것보다는…… 그래도 선생님이 여기 있는 게 더 낫겠지?"

"그냥 가만히 있어요."

"아, 그래."

허둥대던 준영이 버튼이 꺼진 것처럼 모든 동작을 멈췄다.

"두릅남 알아요?"

준영의 애매한 침묵으로 여름은 준영이 편지를 읽었다는 사실을 다시 한번 확인했다.

"모든 게 끔찍해요."

"미안."

준영은 뭘 잘못했는지도 모르면서 무작정 사과했다. 여름은 그런 걸 바란 게 아니었다.

"그냥 내버려 둬도 되잖아요. 뭘 해 달라고 한 적도 없잖아요. 내가 뭐, 대답해 달라고 했어요, 손 크기를 재 보자고 했어요, 사귀자고 했어요? 그냥, 그냥 좋아만 하면 안 돼요? 내 마음 하나만 내 맘대로 하면 안 돼요? 남들 다 있는 짝남 나도 가져 볼 수 있잖아요. 그것도 안 돼요? 나는, 나는 아무것도 없단 말이에요. 애들한테 얘기할 수 있는 게 아무것도 없단 말이에요. 선생님 좋아하는 게 내가 할 수 있는 유일한 건데. 남들과 똑같이 가질 수 있는 유일한 건데. 나도 그런 사람 한 명쯤 있어도 되잖아요. 선생님은 모른 척 가만히 있으면 되잖아요. 나는 그냥 하나라도 갖고 싶어요. 진짜일 수 있는 거 하나만. 그것도 안 돼요? 그냥 내버려 두면 안 돼요?"

무슨 말을 하고 있는지도 몰랐다. 말이 두서없이 깊은 곳에서 터져 나왔다. 다 쏟아 내고 난 뒤 여름은 준영의 얼굴을 차마 볼 수 없어 발끝만 바라봤다. 준영이 여름의 모든 말을 가만히 들었다.

"그냥 내버려 두면 돼?"

준영의 말에 여름이 고개를 들었다. 준영은 여름에게 말하고 있었지만 그 질문은 자신을 향해 있었다.

"그러니까 선생님이 어른으로서 너에게 해 줄 수 있는 게 그냥 가만히 있는 거야?"

미로 속에 있는 것처럼 혼란스러운 얼굴이었다.

"뭐라도 할 테니까, 해 줄 수 있는 게 있다면 말해 줘."

준영이 여름 앞에 서 있었다. 어쩔 줄 모르는 모습으로. 뭐라도 하겠단 마음으로. 여름은 그 말만으로도, 다시 마음이 가득 차올랐다.

여름은 딱 한 번만 뻔뻔하게 부탁하기로 했다.

"선생님 나 때문에 불편해져도, 사람들이 안 좋게 소문 내도, 교생 끝날 때까지는 학교에 있어 줄래요? 선생님은 나에 대해 아는 유일한 사람이니까 앞에 서 있어 주면 조금 괜찮아질 것 같아요. 학교에 갈 수 있을 것 같아요."

준영은 약속해 주었다. 두 사람은 그렇게 하기로 했다.

★

교생 실습 마지막 종례 시간이었다. 교생 중 준영만 반 아이들로부터 케이크나 서프라이즈 파티를 받지 못했다.

여름은 계속 학교에 나왔다. 준영은 여름의 말처럼 여름을 내버려 두었다. 그리고 가만히 있었다. 혹여나 아이들의 오해를 살까 봐 여름을 부르지도 그쪽으로는 시선을 돌리지도 않았다.

열어 둔 창문 사이로 서늘한 바람이 불어왔다. 두 사람이 같이 창문을 보다 언뜻 시선이 스쳤으나 고개를 돌렸다. 모른 척했다는 것을 서로 알고 있었다. 여름은 술래라도 되지 않으면 계속 혼자일 거라고 생각했다. 하지만 이제 여름은 여름의 앞에 서 있어 주는 사람이 있다는 것을 안다. 언젠가 바람은 불현듯 또 불어올 것이다. 준영이 가만히 있어 주었던 것처럼, 침묵 사이에서 여름은 꿋꿋하게 그곳에 있었다. 여름이 지나가고 있었다.

별비가
내리는 날

송한별

송한별

편집자 겸 작가. 수동 킥보드 라이더. 돈과 명예, 재미 중에서는 아무래도 재미인 편. 2017년 제5회 과학소재 장르문학 단편소설 공모전에서 대상을 수상하며 작품 활동을 시작했다. SF와 판타지, 호러 장르를 중심으로 하는 독립 출판사 '미씽아카 이브'를 운영하고 있다.

앞으로 힘겹게 발을 끌어당기자 지글지글 끓어오른 아스
팔트에 녹은 신발 밑창이 쯔억, 하는 소리를 내며 간신히 떨어
졌다. 위로는 쏟아지는 햇빛, 아래로는 뿜어져 나오는 복사열에
사정없이 노출된 온비는 단내 나는 숨을 밭게 토했다.

쌔애애액.

쏟아지는 벌레 울음소리가 귓가를 어지럽혔다. 온비는 핸
들을 고쳐 쥐었다. 진땀이 줄줄 흐르는 양손이 금방이라도 미
끄러질 것만 같았다. 핸들에 달랑달랑 걸어 놓은 헬멧이 소매를
걷어붙인 팔에 닿을 때마다 후끈거리는 열기가 옮아 붙었다. 샛
노란 전기 자전거는 온비의 보물이지만 이럴 때만큼은 원망스
러웠다.

온비는 휘청거리는 전기 자전거를 멈춰 세우고는 잠깐 허리를 폈다. 고개를 들어 올리자 쾌청한 하늘과 그 아래 쭉 펼쳐진 오르막길이 보였다. 아직도 가야 할 길이 멀었다. 온비가 힘없이 고개를 떨구자 머리카락 끝에서 투둑, 큼지막한 땀방울이 떨어졌다. 땀방울은 경사를 따라 아스팔트 도로를 두어 번 구르더니 이내 증발해 버렸다. 온비는 기력 없이 물기가 말라 없어지는 모습을 지켜봤다. 문득 혀뿌리가 아릴 만큼 목이 말랐다.

온비는 뻣뻣해진 몸에 애써 힘을 불어넣었다. 안장 끝을 잡아 들어 올리자 자전거가 불만스럽다는 듯 끼익끼익 소리를 냈고, 신발 밑창에서는 타는 냄새가 올라왔다. 낑낑거리며 언덕을 기어오르는 온비의 머리 위로 별비가 짧은 빗금을 그었다. 온비는 먼 하늘에는 관심을 주지 않고 꿋꿋하게 앞으로 나아갔다. 별비가 내리는 시대의 여름이란 으레 그런 것이었다.

*

"냉장고 나갔다."

온비가 물에 불린 미역 같은 몰골로 사무실 문을 열고 들어서자 눈이 찡그려질 정도로 화려한 하와이안 셔츠를 입은 사장이 툭 내뱉었다. 온비는 눈을 크게 뜨고 냉장고 문을 열어 봤

으나 현실은 각박했다. 오래되어 누렇게 변색된 냉장고 안에
는 냉기가 한 줌도 남아 있지 않았다. 온비는 숨이 턱턱 막힐
것만 같은, 어둡고 비좁은 냉장고에서 눈을 떼지 못했다.

"이거 왜 이래요?"

"낡았잖냐."

온비는 뜨거운 한숨을 푸욱 내쉬었다. 연식이 오래된 기계
가 시시로 때때로 고장 나는 게 특별한 일이 아니기는 했다. 공
장에서 더 이상 새로운 물건을 찍어 내지 않는, 종말을 간신히
비껴간 세상에서는 더더욱 그랬다. 하지만 그게 꼭 오늘, 이 순
간일 필요는 없지 않나. 온비는 아쉬운 마음을 담아 쳐다봤으나
출고된 지 30년도 더 된 오래된 냉장고는 조용하기만 했다.

온비가 마지못해 냉장고 문을 닫자 사장이 하나뿐인 손으
로 물병을 휙 던졌다. 벌써 몇 달째 사무실에 굴러다니는 플라
스틱 물병은 따듯하게 데워져 있었다. 온비는 인상을 잔뜩 찌푸
리고 물을 들이켰다. 미지근한 물은 마시기는 편했지만 더위를
쫓는 데는 도움이 되지 않았다. 온비는 괜히 입술을 핥았다.

"자전거는?"

"주차장에 대 놨어요."

온비는 온갖 천으로 누덕누덕 기워 놓은 소파에 드러누우
며 죽어 가는 목소리로 대답했다. 큼직한 전기 모터와 배터리가

달린 전기 자전거를 가파른 언덕 위에 있는 이곳, 꿀벌배달영업소까지 끌어 올리는 것은 보통 힘든 일이 아니었다.

자전거를 겨우겨우 밀어 도착한 주차장에는 꿀벌 무늬 전기 스쿠터들이 주차되어 있었다. 온비는 알루미늄 합금 차체에서 아지랑이를 피워 올리는 스쿠터를 쳐다보며 입맛을 다셨다. 나만의 스쿠터를 사야지. 그렇게 결심하고 아르바이트를 시작한 지 반년째. 마이 카, 아니 마이 스쿠터의 꿈이 멀지 않았다. 스쿠터가 생기면 언제든 원하는 곳으로 자유롭게 떠날 수 있을 것이다. 별비만 없다면 말이다.

"별비는 언제까지 온대요?"

"저녁까지."

"그렇게 오래요?"

온비가 질렸다는 말투로 되묻자 사장이 어쩌겠냐는 듯 어깨를 들썩였다. 채도 높은 빨강 배경에 샛노란 열대 식물을 직접 그려 넣은 하와이안 셔츠의 빈 소매가 힘없이 나풀거렸다.

별비가 내린다는 건 사실이기도 했고 비유기도 했다. 이 시대의 다른 많은 문제처럼 별이 비처럼 내리게 된 원인은 앞선 세대에게 있었다. 과거 사람들은 무료 통신망이니 뭐니 하는 것들을 만들겠다며 오와 열을 맞춘 인공위성으로 지구의 하늘을 빽빽하게 뒤덮었다. 올려 보낸 모든 것은 언젠가 떨어지게 되어 있다는 당연한 사실을 잊은 채, 남들보다 하나라도 더 많은 위성을 쏘아 올리려고 경쟁했다. 그래도 된다고 철석같이 믿었다. 그렇게 무수히 쏘아 올린 인공위성이 땅으로 떨어져 인명 사고를 내기까지 대충 100년이 걸렸다.

그때부터 일기 예보에 기온, 눈비, 풍랑에 이어 별비 소식이 더해졌다. 별비는 대부분 예측할 수 있었지만 때때로 전혀 예상하지 못한 곳에 생각지도 못한 규모로 내리기도 했다. 타고 남은 잔해가 민가에 떨어지는 일도 드물지 않았다. 별비는 곧 새로운 기상 현상으로 자리 잡았다.

별비는 우박보다는 위험하지만 태풍이나 해일만큼 피해가 큰 현상은 아니었다. 실내에 들어가 창문을 닫기만 해도 충분히 피해 갈 수 있었다. 정부는 그 점에 착안해 별비 경보가 발령되면 해당 지역의 모든 차량을 정지시키는 법안을 통과시켰다. 떨어지는 별을 피해 달아나다가 교통사고가 나는 것보다는 그냥 다들 차 안에 틀어박히는 게 안전하다는 이유에서였다. 문제는 정지되는 차량에 전기 모터를 쓰는 스쿠터나 자전거도 포함된다는 것이었다. 스쿠터가 멈추면 어떻게 하느냐는 질문에는 적당한 곳으로 피하면 되지 않겠느냐는 무성의한 대답만이 돌아왔다. 이륜차 운전자에 대한 뿌리 깊은 차별의 역사가 있는 나라였으므로 놀랄 만한 일은 아니었다.

옛날 사람들이 그렇게 법안을 얼기설기 기워 놓은 덕분에 온비는 오늘 울며불며 자전거를 밀어야 했다. 아직도 뻣뻣한 팔다리는 내일 끔찍한 근육통을 가지고 돌아올 것이 틀림없었다.

온비는 끙끙 앓는 소리를 내며 핸드폰으로 일기 예보를 확인했다. 예정에 없던 별비 경보가 내린 지역은 제법 넓었다. 꿀벌배달영업소는 경보 지역 끄트머리에 아슬아슬하게 걸려 있었다. 예상되는 강성량(降星量)은 거의 없다시피 했다. 별비는 저녁까지 가늘고 길게 내리다 말 것 같았다. 계산은 금방 나왔다.

"오늘은 텄네?"

별비가 내리는 동안에는 전기 자전거를 몰 수 없다. 모터와 연결된 자동 잠금 장치가 바퀴를 콱 물어서 멈춰 버리기 때문이다. 파트타임 학생 아르바이터인 온비는 저녁이 되기 전에 퇴근한다. 그러니 오늘 자 근무는 조기 마감이나 다름없다. 흐물흐물해진 온비 입에서 샐쭉 웃음이 흘러나왔다.

"사장님, 저 먼저 퇴근할게요?"

"전화나 돌려라."

허튼소리 하지 말라는 듯 사장이 커다란 작업용 탁자 위에 널브러진 물건을 치우기 시작했다. 드라이버, 렌치, 베어링, 바퀴, 나무 조각 같은 잡동사니가 굵은 팔에 쓸려 나갔다. 온비는 뭉그적거리면서 자리에서 일어나 사장을 도왔다. 사장은 능숙한 손놀림으로 온비 앞에 노트북과 유선 전화를 가져다 놓았다.

"오늘 자 배송 목록. 오늘 못 간다 그러고, 꼭 받아야 하는 게 있으면 경보 끝나고 찾으러 오라고 해라. 아니면 내일 나간다고 하고."

"예에."

온비는 마지못해 고개를 끄덕였다. 이렇게 될 줄 알았다. 밥 벌어 먹고사는 게 쉬운 일은 아니니까. 생산과 소비가 작은 지역 단위로 분산되어 온실가스 배출량이 급감했고, 물류 운송 비용이 현실적인 수준으로 상승해 배달 아르바이트 시급이 올랐음에도 그랬다.

온비는 툴툴거리면서 목록을 확인했다. 대부분의 물량이 오전에 나갔는지 영업소에 쌓인 화물은 그렇게 많지 않았다. 온비는 어디서부터인가 뻗어 나온 기나긴 전선 끝에 매달려 있는 전화기를 집어 들었다. 누렇게 변색한 플라스틱 송수화기에서 은은한 온기가 느껴졌다. 온비는 어깨와 볼 사이에 전화기를 어색하게 끼워 넣고는 다이얼 버튼을 꾹꾹 눌렀다. 버튼을 누를 때마다 조약돌이 달각거리는 소리가 났다.

"예, 안녕하세요. 여기 꿀벌배달영업소인데요. 오늘 갑작스럽게 별비 경보가 내려서요. 네."

온비는 사장이 시킨 대로 사정을 설명했다. 연락받은 고객

들은 그럴 줄 알았다며 알겠다고 했다. 당일 배송 같은 착취적인 제도가 법적으로 금지된 이후 사람들은 하루 이틀 정도 배달이 늦는 것에 민감하지 않게 되었다.

"으응?"

어렵지 않게 목록을 지워 나가던 온비는 다이얼을 누르기 전에 잠깐 멈췄다. 익숙한 이름에 익숙한 주소였다. 곁눈질로 쓱 확인해 보니 배송이 지연된 것은 자그마한 상자였다. 포장 박스에는 유명한 장난감 메이커의 로고가 인쇄되어 있었다. 알 만하다고 생각하며, 온비는 다이얼을 눌렀다.

"예, 안녕하세요. 저 온빈데요."

"어, 온비야. 무슨 일이야? 이거 회사 번호지?"

"일 때문에요. 화물이 들어오기는 했는데 오늘 못 나가게 됐거든요, 별비 때문에."

"아아, 그래? 어쩐지. 어쩔 수 없지, 뭐."

전화기 너머에서 빠르게 납득하는 목소리가 들려왔다. 온비가 적당히 인사하고 전화를 끊으려는데 갑자기 새로운 목소리가 대화에 끼어들었다.

"엄마! 엄마아아! 택배야? 택배 온대?"

"누아야, 엄마가 전화할 때 소리 지르면 된다고 했어, 안 된다고 했어?"

"안 된다고 했어! 그래서 택배야? 택배 오는 거야?"

"오늘 택배 안 온대. 별비 오잖아. 별비 오는 날에는 택배가 안 와."

"어, 안 와? 그럼 안 되는데……."

쫑알거리던 목소리가 툭 꺾였다. 온비는 그만 웃음을 터뜨리고 말았다. 입을 동그랗게 벌리고 올려다보고 있을 누아의 얼굴을 금방 떠올릴 수 있었다. 아직 어린 누아는 항상 그렇게 감정을 있는 그대로 드러내고는 했다.

"누아 거예요?"

"어어. 선물인데, 어쩔 수 없지."

누아네 엄마가 난처하다는 듯 웃는 사이로 "안 되는데, 생일인데." 같은 소리를 중얼거리는 누아의 목소리가 들려왔다.

"하필 또 생일이었네."

온비는 쯧쯧 혀를 찼다. 전화기 너머에서는 모자의 대화가 계속 이어졌다. 엄마가 어쩔 수 없다고 아무리 설명해도 누아는 쉽게 받아들이지 못했다. 되면 되고, 안 되면 안 되고. 평소 포기가 빠른 누아답지 않은 끈기였다. 차분하게 설명을 계속하던 누아네 엄마는 아직 전화를 끊지 않았다는 걸 뒤늦게 기억해 냈다.

"아이고, 참. 아직 안 끊었네. 누아야, 온비 누나한테 인사해. 빠이빠이!"

"누나아아아!"

온비를 찾는 누아의 목소리가 확 커지더니 누아네 엄마의 목소리가 멀어졌다. 누아가 전화기를 낚아챈 모양이었다. 온비가 당황할 틈도 없이 누아가 절절한 목소리를 토해 냈다.

"누나, 진짜 오늘 배달 안 돼?"

"어, 어?"

"절대? 절대로?"

"누아야, 누나 곤란하게 하지 말고."

"내 일생의 부탁이야!"

"야, 신누아!"

"꼭 오늘이어야만 해, 응? 3시까지! 제발! 몬스터토이 레어 카드도 줄게!"

"이리 내놔! 어, 온비야. 미안해, 끊을게! 얘 말은 신경 쓰지 마!"

전화가 끊기면서 홀로그램 슈퍼 레어 카드도 주겠다며 소리를 지르는 누아의 목소리도 뚝 끊겼다.

"어우, 목청 큰 거 봐."

온비는 갑작스러운 소란 때문에 쨍하게 당기는 귓가를 문질렀다. 어쩐지 귓바퀴 끝이 간지러웠다.

"누아네야?"

누아의 목소리가 얼마나 컸는지 옆에서 다른 일을 하던 사장이 쓱 돌아봤다.

"어, 네."

"건강한가 보네. 좋은 일이야."

사장은 멋대로 결론을 내리고는 자기 일로 돌아갔다. 들판에 오래 방치되어 녹슨 것 같은 얼굴에는 작은 웃음이 걸려 있었다. 온비는 어색하게 하하 웃고는 몸을 돌렸다.

온비는 누아네와 오일장 같은 곳에서 여러 번 마주친 인연으로 알고 지내는 사이였다. 아니, 그 전에 누아는 일대에서 유명한 아이였다. 인구 재생산이라는 단어가 농담처럼 느껴질 정도로 아이가 태어나지 않게 된 세상에서 동네에 몇 없는 어린아이를 모를 수는 없었다.

누아는 맑은 아이였다. 좋게도 나쁘게도 그랬다. 표정에서 생각을 읽을 수 있는 투명한 아이. 그게 신누아였다. 먹이면 먹이는 대로 먹고, 입히면 입히는 대로 입는 누아는 주변 사람들을 무방비하게 웃음 짓게 하는 게 특기였다. 오늘이 아니면 안 된다고, 어떻게든 해 달라고 애걸복걸하는 건 누아답지 않았다.

"흠……. 생일. 생일이라."

오늘 배송이 나가지 않는다고 선물이 어디 가지는 않겠지만, 생일 선물은 생일에 주고받아서 생일 선물이다. 어린아이에게 생일은 중대한 문제다. 그리고 홀로그램 슈퍼 레어 카드는 모든 장난감 중에서도 신누아가 가장 아끼는 것이다. 수백 장이나 되는 몬스터토이 카드 중에서 홀로그램 슈퍼 레어 카드는 딱 한 장뿐이니까. 그런데 그걸로 딜을 치다니.

"꼭 오늘이어야 한단 말이지."

누아네 집이 있는 주동마을은 영업소에서 별로 멀지 않았다. 걸어가자면 가지 못할 것도 없지만……. 그래서는 시간에 맞출 수 없다. 순하기는 해도 결코 맹하지는 않은 누아가 3시라고 정확한 시간까지 지정한 데는 이유가 있을 것이다. 자전거를 타면 금방이겠지만 전기 자전거는 전부 바퀴가 잠겼고 영업소의 일반 자전거는 다른 직원들이 타고 나가서 없다.

이 방법도 안 되고 저 방법도 안 되는, 속수무책의 상황이지만.

"그렇다고 방법이 아예 없냐 하면 그건 또 아니거든."

생일이라는데. 몇 년 되지도 않는 인생을 건 부탁이라는데. 한 장뿐인 홀로그램 슈퍼 레어 카드도 주겠다는데. 한참이나 어린 동생이 그렇게까지 부탁하는데. 들어주지 않는 건 누나 된 도리가 아니지 않나.

"사장님, 저 좀 도와주세요."

온비는 마음을 굳히고 자리에서 일어났다.

★

"탈 줄 알아?"

미덥지 않다는 듯 사장이 물었다. 온비는 대수롭지 않게 어깨를 으쓱해 보였다.

"킥보드 타는 법을 배워야 알아요?"

온비는 보란 듯이 오른발로 땅을 박찼다. 핸들을 꺾자 앞으로 나아가던 몸체가 곧바로 방향을 틀었다. 재주 좋게 짧은 원을 그리고 제자리로 돌아온 온비가 자신만만하게 미소를 지었다.

"자전거도 타는데, 이 정도는 쉽죠."

"자전거랑 킥보드는 다르지."

사장은 가늘게 뜬 눈으로 온비와 킥보드를 쳐다봤다. 하얀 몸통을 새빨간 불꽃이 휘감고 있는 화려한 디자인의 킥보드는 사장의 수집품이었다.

아직 석유 엔진이 법적으로 금지되지 않았을 때 오토바이 배달 일을 했던 사장은 교통사고로 한쪽 팔을 잃어버렸다. 음식 배달 중개업자가 라이더의 안전은 고려하지 않고 무리한 일정을 강요한 탓이었다. 다행히 목숨을 건진 사장은 모아 둔 돈으로 꿀벌배달영업소를 차렸고, 기회가 닿을 때마다 동력 없는 바퀴 달린 탈것을 사들이고는 했다. 고철이나 다름없는 것을 구해다 때 빼고 광내는 것이 사장의 소소한 취미였다. 불꽃 킥보드는 그중에서도 사장이 각별한 관심을 가지고 손본 것이다. 바퀴도 원래 있던 20센티짜리를 빼고 한 사이즈 큰 25센티짜리를 끼워 두었다.

"지금 움직이려면 플레임 로드만 한 게 없긴 하지."

"이거, 이름도 있어요? 플레임 로드?"

사장은 천천히 고개를 끄덕였다. 온비는 이름이 촌스럽다고 투덜거리려다가 합, 입을 다물었다. 동생 같은 아이가 오매불망 선물만 기다리고 있어서 가 봐야겠다는 미성년 아르바이터에게, 사장은 말도 안 되는 소리 하지 말라며 타박하는 대신 가지고 있는 것 중에서 가장 좋은 물건을 내줬다. 감사 인사를 해도 모자랄 처지에 툴툴거릴 수는 없었다.

꼬챙이 같은 몸을 이리저리 움직여 가며 점검을 마친 사장은 사무실 구석에 쌓여 있던 박스에서 안전 장비를 꺼내 온비에게 건넸다.

"주동마을까지 가는 길은 전부 내리막길이지. 브레이크 밟으면서 가. 핸들 브레이크랑 킥 브레이크 섞어서 쓰고. 균열이 보이면 작아 보여도 무조건 피해. 지면에 신경 써."

"넵."

온비는 사용 설명서 같은 사장의 충고를 주워들으며 새빨
간 플라스틱 안전 장비를 착용했다. 무릎과 팔꿈치 보호대에는
하얀 속살이 보일 정도로 크게 패인 상처가 남아 있었다. 정강
이나 팔뚝 보호대에도 상처의 흔적이 무수히 많았다. 그만큼 지
금까지 여러 번 사람을 구해 낸 베테랑 장비라고 생각하니 낡
은 것도 나쁘지만은 않았다. 온비는 손가락장갑의 손목 밴드까
지 꽉 조이고는 등에 짊어진 배달용 가방을 한번 추어올렸다.
과거 음식 배달용으로 많이 쓰였던, 사장이 현역 시절 직접 썼
던 가방에는 누아의 생일 선물이 고이 들어 있었다.

사장은 온비의 행색을 점검하며 신신당부했다.

"경보 지역에 살짝 걸치기만 해서 괜찮을 거라고 생각하긴
하지만, 별비가 내릴 것 같으면 지붕 밑에 숨고 전화해. 데리러
갈 테니까."

"에이, 그럴 일 없을 거예요."

"핸드폰 잃어버리지 않게 잘 챙기고."

"그렇게 걱정하시면서도 가지 말라고는 안 하시네요."

"가야 할 때는 가야지. 그게 라이더잖아."

사장은 마지막으로 온비의 헬멧 턱 끈을 쭈욱 잡아당기고
는 뒤로 물러섰다. 사장은 충고는 해도 이래라저래라 하지는

않았다. 두 바퀴로 세상을 누비는 라이더는 무엇보다 자유로
워야 한다는 말버릇대로였다. 온비는 밝게 웃어 보이고는 플
레임 로드에 왼쪽 발을 얹었다. 스니커 신은 발로 슬며시 체중
을 싣자 보드가 위아래로 가볍게 출렁이며 하중을 받아 냈다.

서스펜션까지 손을 댄 사장의 솜씨가 믿음직했다. 온비는
오른발 발가락에 힘을 꾹 주어 땅을 박찼다. 아스팔트 도로를
따라 킥보드가 부드럽게 나아갔다. 속도가 붙기 전에, 온비는
꿀벌배달영업소를 돌아보며 인사했다.

"다녀오겠습니다!"

온비가 큼직한 바람막이를 펄럭이며 손을 흔들자 눈이 부
실 만큼 쨍쨍 내리쬐는 햇빛 아래에서 사장이 하나뿐인 손을
휘적휘적 흔들며 배웅해 주었다.

*

온비는 숨을 훅 들이켰다. 사장이 킥보드를 타는 것과 자전
거를 타는 것은 다르다고 했는데, 진짜로 그랬다. 우선 속도를
내는 법부터가 달랐다. 발로 땅을 박차는 순간은 아주 짧았다.
속도가 붙으면 붙을수록 더욱 그랬다. 발뒤꿈치부터 발가락까
지 온전히 발을 땅에 디딜 기회는 별로 없어서 주로 발가락에

힘을 줘야 했다. 하지만 힘을 쓰면 쓰는 대로 몸이 빠르게 앞으로 나아가는 기분은 썩 나쁘지 않았다. 매끄러운 지면을 만나서, 미세한 내리막에 올라타서, 기대했던 것보다 조금 더 멀리 나아가면 꽤 신나기까지 했다.

땅을 박차는 움직임에 서서히 익숙해지자 온비는 몸짓을 더욱 크게 했다. 발끝으로 땅을 디딜 때는 몸을 숙이고, 힘주어 박찰 때는 가슴을 튕기듯이 몸을 일으켜 세웠다. 몸을 앞으로 숙이는 것처럼 앉았다 일어날 때마다 킥보드는, 온비는 앞으로 나아갔다. 한 사이즈 큰 바퀴가 덜그럭거리는 진동이 발바닥부터 머리끝까지 전달됐다. 킥보드가 지나는 도로의 표면을 생생하게 느낄 수 있었다. 비록 자전거만큼 빠르지는 않지만 체감되는 속도가, 달리고 있다는 감각이 각별했다.

열심히 발을 굴리며 노력한 끝에 온비는 주동마을로 이어지는 도로에 올라탔다. 이제부터는 본격적인 내리막길이다. 더 이상 힘을 들여 땅을 박차지 않아도 된다. 온비는 마음을 굳히고, 지금까지 속도를 내느라 고생한 오른발을 풋 브레이크 위에 살짝 얹었다. 보드를 단단히 누르는 왼발이 더욱 안정적으로 자리를 잡았다. 온비는 그렇게 도로로 달려 나갔다.

플레임 로드의 질주를 가로막는 것은 없었다. 별비 경보를 맞은 자동차들은 모두 갓길에 멈춰 있었다. 새하얀 여름 햇빛이 내리쬐는 도로는 거짓말처럼 뻥 뚫려 있었다. 온비는 그 길을 한달음에 달려 내려갔다. 뭐라고 말을 할 수 없는 큰 기쁨이 온몸을 흔들어 댔다.

점차 속도를 높여 가는 몸이 후텁지근하게 달아오른 공기를 쐐액 가르며 나아갔다. 후끈한 공기가 피부에 배어나는 땀을 스치고 지나간 자리에는 끈적거리는 피막이 흔적처럼 남았다. 지퍼를 끝까지 채워 올린 바람막이가 펄럭거리는 소리를 냈다. 옷깃과 소매 사이로 파고든 바람이 예민하게 곤두선 촉각을 건드렸다. 한 가닥으로 묶은 머리카락이 위아래로 춤을 췄고 번쩍 크게 뜬 두 눈은 따끔거렸다. 도로 양쪽으로 펼쳐진 싱그러운 초록이 빠르게 빠르게 흘러갔다. 푸르른 풍경 속으로 빠져드는 것만 같았다.

쐐애액!

높은 소리를 내며 쉴 새 없이 굴러가는 바퀴가 전달하는 크고 작은 진동이 온비의 심장을 두들겼다.

자꾸만, 가슴이 뛰었다.

"이—야아—아—!!"

시야 속 세계를 밋밋한 덩어리로 거칠게 묶어 버리는 한여름의 햇빛. 흔들리고 춤추는 나뭇잎이 만들어 내는 새까맣고 새카만 그림자. 뭉근한 습기가 손에 잡힐 것만 같은 무거운 공기.

몸을 휘감듯 가까이 따라붙는 벌레 울음소리. 온비는 그 모든 것을 가르며 앞으로 나아갔다. 온비는 가슴 가득하게 숨을 들이켰다. 손을 데면 화상을 입을 것처럼 달아오른 몸에는 활력이 가득했다. 두 눈 가득 펼쳐지는 시야에는 색색의 생명이 가득했다. 머릿속에서 빛이 폭죽처럼 터졌다.

그래서 빠른 속도로 다가오는, 도로에 나 있는 손바닥만 한 균열을 깨닫는 게 늦었다.

"아?"

쨍한 햇빛에 노출된 세상이 느리게 흘러갔다.

빨간 스니커를 신은 발이 시야를 가로질렀다.

균열이 있으면 피하라고, 사장님이 그랬는데.

그런 생각이 머릿속을 스칠 때.

온비의 몸은 하늘을 날고 있었다.

*

신누아는 태어나기 전부터 동네 유명인이었다.

모든 어린아이는 저마다의 동네에서 유명인이었다. 내연기관을 폐기하고 플라스틱 신규 생산을 중단한 이후에야 가까스로 지탱할 수 있게 된 세상에서 아이를 낳겠다고 결심하는

데는 보통 이상의 용기가 필요했다. 끝도 없이 물자를 펑펑 낭비하던 시절의 기억을 가지고 있는 사람들에게는 더욱 그랬다. 대부분의 사람은 저마다의 자그마한 일상을 꾸려 나가는 데 만족하기로 했고, 그것도 결코 쉬운 일은 아니었다. 그래도 이따금 아주 큰 용기를 가진 사람들이 나타났다. 신누아는 그런 용기의 결실이었다.

사람들은 신누아를 애정으로 대했다. 아이를 사랑하고 보호하는 것이 어른의 의무라는 것을 몇 세기나 늦게 자각한 것처럼. 어쨌거나 신누아는 사랑스러웠다. 사람을 닮은 작고 꼬물거리는 것을 사랑하지 않을 수는 없었다. 온비는 그 사실을 머리로는 이해했으나 가슴으로 받아들이지는 못했다. 아니, 그 반대였을지도 모른다. 신누아가 태어났을 때 온비는 이른바 질풍노도의 시기를 겪고 있었기 때문이다. 사람은 누구나 살면서 한 번쯤은 세상 모든 것을 삐딱하게 볼 때가 있는데, 온비에게는 그게 그때였다.

"다들 개를 왜 그렇게 좋아하는지 모르겠어."

오일장에 다녀오는 차 안에서 온비는 그렇게 툭 내뱉었다. 막 돌을 맞은 신누아가 얼마나 귀엽고 사랑스러운지 열변을 토하던 온비 엄마는 슬쩍 조수석의 온비를 쳐다봤다.

"쬐끄만 게 오종종 돌아다니잖아. 안 귀여워?"

"귀엽지 않다는 건 아닌데."

"너도 누아 나이 때는 엄청 귀여웠어. 너무 예뻐서 눈에 넣을 수도 있겠다고 이모, 삼촌 들이 막 주접떨었다니까."

"잘 모르겠는데."

"아, 너 혹시 질투하니?"

"아니거든."

"그래애?"

질투는 무슨. 온비는 엄마가 말꼬리를 끌면서 실실 웃는 게 마음에 들지 않았다. 그래서 창밖으로 시선을 돌리며 툭 내뱉었다.

"모든 새끼는 귀여워 보이게 태어난대. 그래야 생존에 유리해서. 웃겨."

"귀엽게 태어난 애를 귀여워하는 게 왜 웃겨?"

"아양 떠는 거 같잖아."

"그거라도 해야지. 혼자서는 아무것도 못 하니까."

"……."

온비는 턱을 괴던 손바닥으로 젖살이 남아 있는 자기 볼따구를 꾹 눌렀다. 반박하고 싶은데 그러면 너무 못된 말을 하게 될 것 같았다. 엄마 말도 맞았다. 태어나면서부터 혼자서 뭐든 다 잘하면 그게 애인가, 어른이지. 그 누구도 어른을 낳을 수는 없다. 그래도 별로인 것은 별로지만.

엄마는 뾰로통하게 볼을 부풀리고 있는 딸에게 말했다.

"애들한테 잘해 줘."

"왜?"

"여기 오고 싶어서 온 게 아니니까."

이건 또 무슨 소리람. 온비는 엄마에게 가늘게 뜬 눈을 흘겼다. 엄마는 태연한 얼굴로 앞을 바라보며 운전하고 있었다.

"그게 무슨 소리야?"

"온비는 엄마 딸이 되고 싶어서, 엄마 딸이 되겠다고 결심하고 태어났니?"

"어떻게 그래? 말도 안 되는 소리 하고 있어."

"그러니까."

그러니까는 뭐가 그러니까란 말인가. 온비는 인상을 찌푸렸다. 엄마는 불퉁거리는 딸에게 살짝 웃어 주고는 조곤조곤 설명을 이어 갔다.

"애들은 아무것도 몰라. 뭐가 좋고 싫은지 설명도 못 해서 울기만 하잖아. 하고 싶은 게 뭔지 설명할 수 있게 되기까지도 오래 걸려. 해도 되는 일이랑 하면 안 되는 일을 구분할 줄도 몰라. 가르쳐야 좀 알지. 근데 우리는 아니잖아. 나이가 들고 성숙해서 대충 알잖아. 그러니까 우리가 이해해야지. 그래야 어른인 거야. 나이가 들었다고 어른인 게 아니라."

"흥⋯⋯."

"우리 딸은 아직 어른이 아니긴 하지만."

"아니거든. 다 컸거든."

"어른들은 다 컸다고 자기 입으로 말 안 해. 한 살이라도 어린 척은 하지만."

"기분 나빠. 왜들 그래?"

"글쎄, 책임지는 게 싫어서 그런가?"

"그게 뭐야."

온비는 인상을 찌푸렸다. 엄마가 말하는 어른은 항상 이상했다. 엄마가 하는 말도 전부 알아들을 수 있는 건 아니었다. 여전히 사람들이 신누아를 왜 그렇게까지 좋아하는지도 이해되지 않았다. 하지만 그래도 다 큰 어른으로서, 온비는 엄마에게 해야 할 말이 있었다.

"엄마."

"으응?"

"나 엄마 딸로 태어난 거 나쁘지 않아. 엄만 좀 이상한 사람이긴 한데, 적응되면 나름대로 재밌어. 뭐, 어떤 점에서는 조금 좋을지도?"

"그래? 그렇게 생각해?"

"가끔은, 그렇다고."

집에 도착하자 온비는 뭐가 그렇게 좋은지 싱글벙글한 엄마를 피해 방으로 숨어들었다. 괜한 말을 한 것 같았지만 후회하지는 않았다. 솔직하지 못해서 서로 상처를 주고받는 건 어린애나 하는 짓이라고, 다 큰 어른인 온비는 생각했다.

그 뒤 온비는 신누아를 다르게 보려고 노력했다. 꼬운 마음을 접어 두고 가만히 관찰하자 귀여운 점이 보이기 시작했다. 아니, 신누아는 실제로 귀여웠다. 포동포동 살이 오른 아이가 뒤뚱거리며 걸음마 하는 게 어마어마하게 귀여웠다. 객관적인 사실이 그랬다. 어린아이는 웃을 때 얼굴뿐만 아니라 몸으로도 웃는다. 놀라운 발견이었다. 온비가 누아에게 정신을 차리지 못하는 동안 누아도 서서히 온비에게 마음을 열었다. 어린아이는 타인의 시선에 예민하다. 누아가 처음 고사리 같은 손을 흔들며 인사해 주었을 때, 온비는 가슴을 부여잡고 쓰러질 뻔했다. 질풍이고 노도고, 따뜻한 봄바람에 사르르 녹아 사라져 버린 날이었다.

말문이 트이고 팔다리를 가누기 시작한 누아를 보면서 온비는 감탄했다.

"얘는 진짜 아무것도 모르는구나. 아는 게 하나도 없어."

밥 먹고 옷 입는 게 문제가 아니었다. 걷고 잠자고 소리 내는 것부터 하나하나 가르쳐야 했다. 숨 쉬는 법은 어떻게 아는지 신기할 정도였다. 실감할 수밖에 없었다. 누아는 누가 알려 주는 대로 아는 수밖에 없었다.

그렇다면 좋은 것들을 알려 주고 싶었다. 사랑받고 사랑하는 방법을 알려 주고 싶었다. 눈치 없이 저녁노을처럼 뉘엿뉘엿 기울어 가는 세상에서 태어나 버리고 만 아이에게, 온비는 좋은 것을 적어도 하나쯤은 가르쳐 주고 싶었다.

*

좀처럼 들리지 않는 무거운 눈꺼풀을 들어 올렸을 때, 어째서인지 온비는 바닥에 등을 대고 누워 있었다.

"어어?"

저도 모르게 푹 잠긴 목소리가 흘러나왔다. 정신이 들자 목뼈를 중심으로 서서히 온몸의 감각이 돌아오기 시작했다. 날카로운 통증이 빠르게 전신을 훑고 지나가자 뒤이어 둔중한 통증이 묵직하게 퍼졌다. 뻐근하게 짜릿짜릿한 감각이 몸을 쾅쾅 흔들어 대자 온비는 비로소 직전에 무슨 일이 있었는지 기억해 냈다. 하늘을 나는 모든 것은 떨어지게 되어 있다. 균열에 걸려 하늘을 날았으니, 바닥에 떨어진 것이다.

"아야아……."

온비는 반사적으로 몸을 일으켜 앉았다. 몸 마디마디가 아프지 않은 곳이 하나도 없었는데 어떻게든 움직일 수는 있었다. 이게 아드레날린인가. 온비는 멀어지는 생각을 뒤로하고 가장 먼저 가방을 찾았다. 누아에게 줄 선물이 들어 있는 배달용 가방은 멀지 않은 곳에 떨어져 있었다. 플라스틱 보호대를 덜그럭거리면서 무릎으로 기어가 살펴보니 다행히 상자는 무사했다. 온비는 택배 상자에 귀를 가까이 가져다 대고는 신중하게 흔들어 봤다. 덜그덕이나 짤그락 같은, 배달부에게는 반갑지 않은 소리는 들려오지 않았다. 온비는 그제야 비로소 마음을 놓았다. 생일 선물이 부서지기라도 했으면 누아의 얼굴을 볼 수가 없을 것이다.

"플레임 로드는……."

한발 늦게, 이곳까지 데려다준 킥보드를 찾아보다가 온비는 인상을 찌푸렸다. 플레임 로드는 땅바닥에 내팽개쳐져 있었는데 척 봐도 상태가 좋지 않았다. 불꽃 도장에는 새까만 스크래치가 죽죽 가 있고, 핸들과 바퀴의 방향이 맞지 않았다. 그리고 무엇보다, 핸들이 달린 기둥이 반으로 꺾여 있었다. 어딘가에 부딪쳤는지, 아니면 원래 약한 부분이었는지. 아무튼 끔찍한 광경이었다.

"저건 텄네."

어쩐지 현실감이 들지 않아서 헛웃음이 툭 튀어나왔다. 온비는 달걀을 까 놓으면 몇 분 안에 익어 버릴 만큼 열이 바짝 달아오른 아스팔트 바닥에 엉덩이를 깔고 앉은 채 부서진 킥보드를 멍하니 쳐다봤다. 벌레 소리 사이로 아지랑이가 일렁거리는 게 꼭 어딘가 먼 곳에서 일어난 사고 현장 같았다.

온비의 정신을 사로잡은 신기루는 탕, 하는 소리에 스르륵 흩어졌다.

"학생, 괜찮아?"

멀리서 목소리가 들려왔다. 온비는 반사적으로 몸을 틀어 오르막길을 올려보았다가 얼굴을 찌푸렸다. 쏟아지는 햇빛이 너무 강해서 눈을 뜰 수가 없었다. 뻐근한 팔을 들어 올려 손차양을 만들자 비로소 간신히 앞을 내다볼 수 있었다. 널브러져 앉은 온비를 향해 사람들이 허둥지둥 달려오고 있었다.

"학생, 정신 들어?"

"예에?"

넷인가 다섯인가 되는 사람들이 질겁한 얼굴로 달려왔다. 저 많은 사람이 어디서 갑자기 나타난 걸까? 온비는 입을 헤벌리고 쳐다보다가 뒤늦게 깨달았다. 갓길에 서 있는 자동차. 그 안에 사람이 있었던 것이다.

"괜찮은 거 맞아?"

"눈을 좀 이상하게 뜨는데?"

"일단 이것 좀 마셔 봐."

온비는 누군가 뚜껑을 열어서 건네주는 음료수를 반사적으로 받아 마셨다. 차 안에서 미적지근하게 식은 보리차였다. 구수한 맛이 입안을 가득 채웠다. 꼴깍꼴깍. 온비는 재활용 플라스틱으로 만든 불투명한 페트병 하나를 단숨에 바닥까지 비웠다. 마지막으로 후아, 하고 숨을 내뱉자 공기에서 단내가 났다.

"혼자 도로에서 그런 걸 타면 위험하지."

"어…… 고맙습니다."

온비는 머쓱하게 고개를 숙이며 눈치를 살폈다. 혹시 아는 사람인가 했는데 얼굴이 낯설었다. 이 근처 사는 사람들일 텐데, 하나같이 모르는 얼굴뿐이었다.

"몸은 괜찮아? 다친 데는 없고?"

그제야 온비는 지금까지 자기 몸을 돌아볼 생각을 못 해 봤음을 깨달았다. 한참이나 늦게, 온비는 자리에서 일어나서 몸을 살폈다. 다행히 크게 다친 곳은 없었다. 바람막이가 찢어졌고 다리에 핏물이 맺힌 자리가 있긴 했지만 긁힌 정도였다. 다만 머리에 땀이 쏟아져서 벗어 든 헬멧에는 손바닥만큼 커다란 흠집이 새로 생겨나 있었다. 헬멧이 없었으면 머리에 그만큼의 충격이 가해졌을 것이라 생각하니 팔뚝에 소름이 오스스 돋아났다. 왜 사람들이 그렇게 파랗게 질린 얼굴로 달려왔는지 이해가 되었다.

"안 다쳤어요. 괜찮아요."

"어디 가던 길이야?"

"주동마을에요. 배달할 게 있어서."

"뭐? 배달이 늦어지면 고소라도 하겠대?"

"갑질 같은 건 아니고요. 그냥 좀."

유리한 지위를 내세워 다른 사람을 강압적으로 몰아세우는 행위를 일컫는 말은 그 말을 만들어 낸 사람들이 생각한 것보다 훨씬 더 오래 통했다. 종말을 간발의 차로 비껴간 세계에서도 사람들은 아직 대등한 관계를 형성하는 데 서툴렀다.

온비는 손부채질을 하는 사람들에게 꾸벅 고개를 숙이고는 배달 가방을 고쳐 멨다.

"도와주셔서 감사합니다. 그럼 이만 가 볼게요."

"간다고?"

"그러지 말고 경보 지날 때까지 여기 있어. 태워다 줄게."

"어떻게 가게? 걸어서?"

"어어……."

온비는 남은 거리와 시간을 가늠해 보고는 머리를 긁적였다. 주동마을까지는 절반 조금 넘게 왔다. 여기서부터는 걸어 가면 될 것도 같았다. 쉬지 않고 걷기도 하고 뛰기도 하고, 그 러면 가까스로 시간을 맞출 수 있을 것 같았다.

"그러다 탈수로 쓰러진다."

"지금은 괜찮은 거 같아도 시간이 지나면 더 아플 거야."

"그래도 가 봐야 해요."

다른 사람들의 생각은 달랐지만 온비는 입장을 바꾸지 않 았다. 무리한다는 자각은 있었지만 그래도 스스로 내린 결정을 번복하고 싶지는 않았다. 누아를 실망시키고 싶지 않았다. 잘 다녀오라고 손을 흔들어 준 사장에게 보답하고 싶었다. 플레임 로드는 유감이지만.

온비가 입술을 꾹 깨물고 입을 다물자 도로에는 벌레 우는 소리만이 울려 퍼졌다. 그러자 누군가 말했다.

"좋아. 어떻게든 가야겠으면, 방법을 만들어 줄게. 대신 조 건이 있어."

"방법이요?"

"여기서 잠깐 쉬었다 가. 그 정도면 괜찮지?"

사려보다는 진심이 더 많이 섞여 있는 말을 던지고, 그 사 람은 오르막길을 향해 손가락질했다. 온비는 무심결에 손가락 을 따라 고개를 돌렸다가 오, 하고 입을 동그랗게 벌렸다.

"마침 놀러 가는 길이었거든."

누군가가 캠핑용 장비를 양손 가득 꺼내 오고 있었다.

★

온비는 자동차 트렁크에 물건을 그렇게 많이 실을 수 있는지 몰랐다. 사람들은 처음에는 차양을 치더니 이내 간이 의자와 테이블을 꺼내 왔다. 그릴이 나타나자 갑자기 분위기가 달아올랐다. 누군가 숯에 불을 붙이는 동안 누군가는 채소를 꺼내 놓았고, 또 누군가는 배양육을 내놓았다. 게다가 무선 스피커까지 등장하자 아주 훌륭한 먹자판이 벌어졌다. 하지만 온비가 가장 놀란 물건은 따로 있었다.

"라이트닝 스트라이크라고 해."

자동차의 구석진 뒷자리에서 큼지막한 롱보드가 발굴되었다. 온비의 가슴께까지 올라오는 롱보드에는 이름 그대로 번쩍거리는 번개가 그려져 있었다.

"저 빌려주셔도 돼요? 아끼시는 거 아니에요?"

"아니, 한 번도 안 타 봤는데."

"그럼 왜 들고 다니세요?"

"들고 다니다 보면 언젠가는 타고 싶어질지도 모르니까?"

"이름은 왜 라이트닝 스트라이크예요?"

"멋있잖아."

그렇게 말하며 롱보드 주인은 이를 드러내며 웃어 보였다.

어쨌든 롱보드라면 주동마을까지 제시간에 도착할 수 있을 것 같았다. 온비는 그늘막에서 30분 정도 푹 쉬고 롱보드를 집어 들었다. 왼발로 라이트닝 스트라이크를 꾹꾹 밟자 기분 좋은 탄성이 느껴졌다. 단단하게 잘 만든 롱보드는 온비의 체중 정도는 거뜬하게 버텨 냈다.

온비는 시험 삼아 롱보드에 올라타 바닥을 박찼다. 흠집 하나 나지 않은 새것 그대로의 바퀴는 도로 위를 구르며 기쁜 소리를 냈다. 손을 둘 곳이 없어서 균형을 잡기가 쉽지 않았다. 속도가 조금이라도 붙으면 손가락 끝이 근질근질해졌다. 온비가 뛰어내리듯이 보드에서 내려서는 것을 보고 보드 주인이 조언했다.

"직선으로 쭉 내려가면 속도가 너무 많이 붙으니까, S 자 모양으로 구불구불하게 가면서 속도를 조절해. 몸으로 천천히 리듬을 탄다고 생각하면 돼."

"안 타 봤다면서요."

"인터넷에서 많이 봤어."

온비는 무심코 고개를 끄덕였다. 이제는 더 이상 초고해상

도를 지원하지 않는 거대 동영상 사이트에는 아직도 많은 영상이 올라왔다. 롱보드 라이더들이 올리는 영상은 언제나 인기가 많았다. 보드 주인은 핸드폰에 저장해 놓은 영상을 몇 개 보여 줬다. 온비는 10분 정도 속성으로 보드 타는 법을 배웠다. 다행히 몸 쓰는 일에는 자신이 있었다.

온비는 듬성듬성 찢어진 바람막이의 지퍼를 끝까지 채워 올렸다. 반바지와 보호대 너머 다리에 난 상처에는 꼼꼼하게 반창고를 발랐다. 생채기가 난 오른쪽 뺨에는 아예 큼직한 패드를 붙였다. 뒤로 질끈 묶은 머리 위로는 헬멧을 뒤집어 썼다. 자동차 백미러에 비쳐 보니 넘어질 때 패여 나간 자국이 하얗게 남은 게 꼭 흉터 같았다. 그 모습이 제법 마음에 들어서 온비는 입꼬리를 끌어당기며 웃었다.

"그럼 가 보겠습니다. 도와주셔서 감사합니다."

온비는 차양 밑에 숨어든 사람들에게 고개를 숙이며 인사했다. 저마다 무언가를 구워 먹느라 바쁜 사람들은 한결 푸근해진 얼굴로 온비에게 손을 흔들었다. 처음에는 분명 온비를 구하러 모인 서로 모르는 사람들이었을 텐데, 어느새 그들은 하나가 되어 배양육을 굽느라 바빴다. 이상한 사람들 같으니라고. 온비는 적당한 무관심이 보내는 배웅을 기쁘게 받으며, 보드에 발을 올렸다.

*

자전거와 킥보드가 다르듯이, 킥보드와 롱보드도 달랐다. 몸으로 천천히 리듬을 탄다는 말이 맞았다. 롱보드는 온비가 몸을 움직이는 대로 방향을 틀었다. 몸을 앞으로 기울이면 오른쪽으로, 뒤로 꺾으면 왼쪽으로 머리를 틀었다. 아무것도 쥐지 않은 양손은 조심스럽게 좌우로 벌려 균형을 잡았다. 롱보드는 온몸으로 굴리는 탈것이었다. 특이하지만 나쁘지 않은 감각이었다.

"으아앗!"

잠깐 방심하는 사이에 속도가 무시 못 할 정도로 붙었다. 온비는 몸의 무게 중심을 앞으로 옮기는 느낌으로, 발끝에 힘을 줘 보드를 뒤쪽으로 밀어냈다. 직선으로 달리던 보드가 왼쪽으로 부드럽게 호를 그리며 방향을 틀었다. 충분히 멀어졌다 싶을 때는 반대로 바람에 기대는 듯이 살짝 등을 뒤로 젖히며 무게 중심을 옮겼다. 위아래로 길게 늘인 것 같은 커다란 S 자 궤적이 그려졌다. 온비는 골반은 그대로 두고 다리에 힘을 줘 가며 안쪽으로, 또 바깥쪽으로 롱보드를 몰았다.

온비는 입가에 짙은 미소를 그렸다. 라이트닝 스트라이크라니. 완만하게 곡선을 그리며 나아가는 롱보드에는 어울리지 않는 이름이었다. 역시 타 보지 않으면 모르는 법이다. 차라리 파도 같은 이름이 더 잘 어울릴 것이다. 스케이트보드는 원래 땅에서도 서핑하기 위해 고안된 물건이라고, 인터넷에서 그랬으니까. 온비는 보이지 않는 파도를 상상하며 다시 한번 커다란 곡선을 그렸다. 구멍 난 바람막이가 펄럭이며 소리를 냈다.

시간이 지나고 롱보드 주행에 익숙해지자 시선을 돌릴 여유가 생겼다. 온비는 한쪽 손으로 차양을 만들고 앞을 내다봤다. 정점을 지나 서서히 기울기 시작한 태양이 짧고 뭉뚝한 그림자를 만들어 냈다. 열기가 식지 않은 새하얀 도로 위로 온비와 라이트닝 스트라이크가 만들어 내는 새카만 그림자가 날아들었다. 풀벌레는 여전히 시끄럽게 울어 댔고, 킥보드보다 훨씬 작은 70밀리짜리 바퀴는 다르륵 높은 소리를 내며 굴러갔다. 햇빛이 떠넘기는 더위는 피부에 닿자마자 바람에 휘감겨 날아갔다. 덥지만 시원했고, 습하지만 개운했다. 마법 같은 시간이었다.

"앗!"

이번에는 도로 사정을 살피는 것도 게을리하지 않았다. 저 멀리 보이는 지면에 칼로 새긴 것처럼 그림자가 드리워 있었다. 가로로 긴 균열이 도로를 절반쯤 차지하고 있었다. 자동차에게는 별것 아니겠지만 속도가 붙은 롱보드에게는 위험한 크기였다. 온비는 눈을 가늘게 떴다. 보드와 함께 점프하면 쉽게 뛰어넘을 수 있을 것 같았다. 마침 조금 전에 본 영상에서 점프하는 법을 배우기도 했다. 온비는 입을 꾹 다물고는 균열을 향해 나아갔다.

멀어 보이던 균열은 순식간에 눈앞까지 다가왔다. 온비는 온몸에 바짝 힘을 주고는…… 허리를 비틀었다. 보드가 진행 방향을 바꾸면서 속도가 빠르게 줄어들었다.

"휴우."

온비는 완전히 멈춰 선 보드에서 가볍게 폴짝 뛰어내렸다. 진동에 익숙해진 발이 지면을 딛자 머리가 살짝 어지러웠다. 온비는 그대로 보드를 집어 들고 균열을 걸어서 넘어갔다. 균열은 멀리서 본 것보다 훨씬 컸다. 무리해서 뛰어넘지 않기로 해서 다행이었다.

온비는 다시 보드에 발을 올렸다. 후들거리던 다리가 보드에 올라서자 제자리를 찾았다는 듯 조용해졌다. 온비는 슬쩍 미소를 지었다.

"끝까지 가는 게 중요해. 다치지 않고, 무사히 도착하는 게 가장 중요해."

온비는 가만히 다짐하고 땅을 박찼다. 바퀴가 굴러가며 쌔애액 높은 소리를 냈다.

계속해서 발을 굴리자 도로 오른쪽으로 한껏 펼쳐져 있던 숲이 점차 듬성듬성해지더니 파아란 광경이 드러났다. 바다였다. 색색으로 파랗게 물든 바다가 끝없이 펼쳐졌다. 소금기 어린 바닷바람이 하나로 묶은 온비의 머리카락을 두둥실 띄워 올렸다. 가로막는 것이라고는 조금도 없는 넓은 세계가 온비를 맞이했다.

온비는 문득 찡해진 코끝을 손목으로 거칠게 문지르고는 한껏 숨을 들이켰다. 공기는 눈물이 찔끔 날 것처럼 짰다.

★

3시가 되기 조금 전. 우중충한 얼굴로 현관문을 열고 나온 누아는 머리카락이 쭈뼛 설 정도로 깜짝 놀랐다.

"생일 축하해, 누아야."

온비는 라이트닝 스트라이크와 함께 화단에 처박힌 채 누아에게 인사했다. 누아가 동그랗게 입을 벌리고 쳐다보자 온비는 그만 웃고 말았다. 더할 나위 없이 만족스러운 반응이었다.

"누나? 오늘 안 오는 거 아니었어?"

"어떻게든 해냈지. 자, 받아."

땀으로 범벅이 된 몸에 나뭇잎까지 붙인 채, 온비는 실실 웃으면서 택배 상자를 내밀었다. 누아는 이게 꿈은 아닌지 의심하면서도 일단 택배를 받아 들었다. 누아는 구겨지고 찌그러진 상자에서 눈을 떼지 못했다.

"누아야, 시간 됐다. 가자."

누아네 아빠가 차고에서 자전거를 끌고 나오며 누아를 찾았다. 온비는 안도의 한숨을 내쉬었다. 정말로 간발의 차로 도착한 것이다. 조금만 더 늦었으면 그 고생을 하고도 누아를 놓치고 말았을 것이라 생각하니 허리에서 스르르 힘이 빠져나갔다.

"어? 어어?"

누아는 온비와 아빠를 번갈아 보면서 안절부절못했다. 더 늦기 전에 출발해야 하는데 넝마 꼴이 된 누나를 이대로 두고 갈 수도 없고 어쩌지, 그런 생각을 어지럽게 하는 것이 얼굴에 그대로 드러났다. 온비는 피식 웃고는 자전거를 향해 고갯짓했다.

"얼른 가 봐. 생일이라며."

생일에 맞춰서 선물을 배달하려고 그 고생을 다 했는데 생일 파티보다 배달부를 우선하면 어쩌잔 말인가. 온비는 후련한 마음으로 누아를 보내 줬다. 누아는 조금 더 망설이다가, 온비를 한번 꼬옥 안아 주었다.

"누나, 고마워! 진짜 진짜 고마워!"

누아가 지나간 자리에서는 포근한 냄새가 났다. 온비는 뒤늦게 자신을 발견하고 황당해하는 누아네 아빠에게 꾸벅 고개를 숙여 보였다. 대충 상황을 파악했는지, 누아네 아빠는 미안하다는 듯 멋쩍게 웃고는 뒷좌석에 누아를 태우고 출발했다. 딸랑딸랑, 자전거 차임 소리가 인사하는 것만 같았다. 썩 듣기 좋은 소리였다.

목표도 달성했으니 이제 집에 가야지. 그렇게 생각하며 온비가 엉거주춤 자리에서 일어나려는데, 익숙한 얼굴이 집 안에서 불쑥 튀어나왔다.

"애는 또 현관문도 안 닫고 나갔네. 어머, 온비야!"

"어, 안녕하세요, 어머니."

"아이고, 이게 무슨 꼴이야! 빨리 안으로 들어와!"

누아네 엄마는 호들갑을 떨며 온비를 집 안으로 끌어들였다. 적당히 사양하고 도망치고 싶었지만 온비에게는 저항할 힘이 없었다. 결국 온비는 두 손을 해파리처럼 흐느적거리면서 터벅터벅 걸었다.

"어머니는 같이 안 가세요? 오늘 누아 생일이잖아요."

"응? 아닌데? 누아 생일은 겨울이야."

"네? 아까 누아가 생일이라 그랬는데?"

"아아, 그거? 그거 누아 아니야. 누아 여자 친구 생일이야."

"예?"

"얼마 전에 새로 알게 된 옆 마을 여자애가 있는데, 누아가 걔를 얼마나 좋아하는지 아주 죽을라 그래. 지금도 걔 생일 파티 간 거야. 선물이 없으면 안 된다고, 그냥 안 갈 거라고 아주 난리 도 아니었다니까."

"여자…… 친구요?"

"그거보다, 갈아입을 옷 줄 테니까 들어가서 좀 씻어라. 너 지금 온몸이 땀범벅이다. 어휴."

갑작스러운 단어 조합에 정신을 차리지 못하다 문득 정신 을 차려 보니 온비는 수건과 갈아입을 옷을 손에 든 채 샤워 부 스 앞에 서 있었다. 당황스럽기는 했지만 땀과 먼지 때문에 꿉 꿉한 것도 사실이었기 때문에 훌렁훌렁 옷을 벗어 던졌다. 샤 워 부스에 들어가 수도꼭지를 돌리자 물이 머리 위부터 쏴아아 쏟아졌다. 몸에 바짝 오른 열기 때문에 그리 차갑게 느껴지지 않는 물줄기 속에서 온비는 중얼거렸다.

"여자 친구……. 여자 친구 줄 선물이었다 이거지……."

그게 한 장밖에 없는 홀로그램 슈퍼 레어 등급 카드만큼이 나 중요했다 이거지.

신누아 이거, 안 되겠는데?

온비는 머릿속에 먹구름이 낀 채로 샤워를 마치고 나왔다. 거실에서는 오래된 선풍기가 털털거리며 돌아가고 있었다. 고정된 선풍기 머리가 바라보는 자리에는 물방울이 잔뜩 맺힌 유리잔이 있었다. 노오란색이 옅게 섞인 음료에서는 포글포글 기포가 올라왔다. 온비는 선풍기 앞에 책상다리하고 앉아 레모네이드를 들이켰다.

"하아아아."

벌컥벌컥, 잔을 거꾸로 뒤집어 버릴 기세로 거침없이 마시자 깊은 한숨이 흘러나왔다. 레모네이드는 머릿속이 새하얘질 정도로 시원했다. 눈물이 찔끔 날 정도로 시원한 냉기가 온종일 강행군에 지친 몸에 사르르 스며들었다. 엄마가 항상 하는 잔소리처럼 허리를 바르게 세우고 있을 힘도 없어서 온비는 양팔을 벌리고 뒤로 발라당 드러누웠다. 빌려 입은 옷이 버석거리는 느낌이 간지러웠다.

보이지 않는 곳에서 누아네 엄마 목소리가 들려왔다.

"편하게 쉬고 있어. 경보 끝나면 데려다줄 테니까. 그래, 아예 저녁도 먹고 가라."

"네에에."

온비는 천천히 눈을 끔뻑거리면서 순순히 대답했다. 노곤하다는 게 이런 거구나. 한껏 늘어진 채 온비는 생각했다. 있는 힘을 다해 발버둥 친 하루 끝에 마시는 레모네이드 한 잔이 사람을 노곤노곤하게 녹이는구나. 사람을 녹이는 건 찌는 더위가 아니라 스며드는 시원함이었어.

온비는 잠긴 목소리로 감사 인사를 건넸다.

"화장실이랑 갈아입을 옷 빌려주셔서, 감사합니다."

"뭘, 그런 걸로. 어린애가 땀에 절어서 꼬질꼬질하게 엎어
져 있는데, 당연한 거지."

"어린애…… 저요?"

"그럼 너 말고 또 누가 있어?"

누아 어머니가 재미있는 소리를 들었다는 듯 밝은 목소리
로 웃었다. 온비는 머쓱하게 손바닥으로 볼을 문질렀다. 얼굴
에는 약간의 열기가 남아 있었다.

"그렇게 어리지는 않은데……."

어린애라는 세 글자가 괜히 낯간지러웠다. 반사적인 거부
감이 통 튀어 올랐다가 사라졌다. 동시에 머릿속에 여러 얼굴이
떠올랐다. 손을 흔들며 끝까지 배웅하던 사장. 길바닥에 쓰러
진 온비를 보고 헐레벌떡 뛰어온 운전자들. 그리고 누아의 부모
님. 돌이켜 보니, 그들이 온비를 바라보는 시선에는 한결같은
푸근함이 실려 있었다.

"그런 거였구나. 그런 거였어……."

문득 떠오른 속마음이 입술 사이로 흘러나왔다. 유리잔 속
얼음이 녹아 미끄러지며 맞는 말이라는 듯 달그락 소리를 냈다.

130

온비는 두 눈을 감고 오래된 선풍기 모터 소리에 귀를 기울였다. 슬며시 나른함이 스며들었다. 이대로 잠들면 머리가 눌릴 텐데. 사장한테 플레임 로드를 부숴 먹었다는 소리를 어떻게 해야 할까. 라이트닝 스트라이크는 돌려주면서 이름 바꾸라 해야지. 어른들은 왜 그렇게 웃기는 이름을 지을까. 마음에 든다고 하면 팔아 주지 않을까. 스쿠터도 좋지만 롱보드도 마음에 들었다. 물론 킥보드도. 아, 엄마한테 저녁 먹고 들어간다고 메시지 보내야 하는데. 하루 종일 미뤄 두었던 생각이 레모네이드 속 탄산처럼 포로록 솟아올라 터졌다. 졸려서 생각을 끝까지 이어 나갈 수가 없었다. 신누아 그놈, 다음에 만나면 코를 꼬집어 줘야지. 그런 생각도 잠깐이지만 스쳐 지나갔다.

온비는 어느새 사르르 잠이 들었다. 옅은 미소가 입가에 달랑달랑 매달린 채였다. 별비가 내리는 여름날의 평범한 오후였다.

오늘의
경수

조웅연

조웅연

대학에서 시나리오를 공부했다. 경쾌한 이야기를 좋아한다.

1

이 모든 일은 종이 쪼가리 때문이었다. 처음 종이 쪼가리를 쥐었을 때만 해도, 나는 앞으로 벌어질 일을 예상하지 못했다.

2

'빠밤빠 빠밤빠 빰빠밤빠.'

훈련하기 전이나, 시합 전에 꼭 하는 루틴이 있다. 이어폰을 꽂고 가볍게 새도복싱을 하는 거다. 영화 〈록키〉의 주제가인 〈고

나 플라이 나우(Gonna Fly Now)〉 전주가 울려 퍼지면 심장이 뛴
다. 그러면 흥분을 주체할 수 없어 새도복싱을 했는데, 지금은
그러지 않았다. 온통 '잔근육' 생각뿐이었다.

시합 전 코치님이 말했다.

"한양체고 복싱부 애들은 다 약골이야. 그냥 간식이라고 생
각해. 너는 올라가서 맛있게 먹고 오면 된다."

역시 우리 코치님 정보력은 형편없었다. 경기 전에 만난 상
대 선수의 몸은, 아주 심하게 강골이었다. 분명히 말랐는데도 울
퉁불퉁 잔근육이 많았다. 나만큼이나 코치님도 놀랐는지 마음
의 소리를 입 밖으로 내뱉었다.

"어떡하냐, 이거……."

흔히 말하는 막노동 근육이었다. 코치님은 "저 근육은 운동
으로 다져진 근육이 아니라 인생으로 다져진 근육."이라고 덧붙
였다. 저 몸이 나랑 같은 54킬로그램이라니……. 말도 안 된다.

저놈한테 맞으면 진짜 죽는다. 계속 이 생각이 머릿속에 맴
돌았다. 이제 맞을 만큼 맞아 봐서 상대를 보면 얼마나 주먹이
셀지 알 수 있다. 다이어트를 며칠만 더 독하게 했더라면 쟤는
피했을 텐데. 이미 늦었다.

코치님이 등을 두 번 두드렸다. 이제 링 위에 오를 시간이다.

심판이 시작 사인을 줬는데도 잔근육은 움직이지 않았다.

올 테면 와 보라는 듯했다. 다가가지 못하고 제자리에서 다리만 바쁘게 놀렸다. 가자니 겁나고, 가만히 서 있자니 다리가 후들 거리는 게 티 날 것 같았다. 겁먹은 티를 내지 않으려고 인생의 모든 짜증을 모아서 노려봤다.

"뭐 하냐?"

잔근육이 답답하다는 듯이 말하고는 먼저 움직였다. 지금 이라도 링에서 나가고 싶었다.

"이경수 파이팅!"

오늘따라 아빠의 해맑은 목소리가 또렷하게 들렸다. 사람 도 몇 명 없는 경기장이라 한마디 한마디가 귀에 꽂혔다. 하필 오늘은 부모님이 처음 경기를 보러 온 날이다. 절대 오지 말라고 그렇게 말했는데! 부모님 생각을 하니 또 약한 모습을 보이긴 싫 다. 그래, 길고 짧은 건 대봐야지. 손에 힘을 주고 잔근육에게 잽 을 날렸다. 그런데 잔근육은 너무 간단하게 피하더니, 왼 주먹 으로 잽을 날렸다. 그러고는 내가 겁먹어 움찔하는 사이에, 다 시 오른 주먹을 힘껏 날렸다. 피할 새도 없이 주먹은 내 왼쪽 가 슴에 꽂혔다.

"윽……."

가슴이 아팠다. 마음이 아픈 게 아니라 진짜 가슴이 아팠다. 이놈은 진짜였다. 잔근육은 내가 짠했는지 주먹을 더 휘두르지도 더 다가오지도 않았다. 잔근육보다 심판 아저씨가 먼저 다가왔다.

"괜찮냐?"

괜찮지 않다. 전혀 괜찮지 않다. 너무 아파서 대답하지 못하고 고개만 끄덕였다. 너무 오래 몸을 구부리고 있기는 민망해서 다시 몸을 일으켜 가드를 올렸다. 그러자 잔근육이 다가왔다. 잔근육은 얼굴을 향해 스트레이트를 날리는 척하더니 다시 배를 때렸다. 맞자마자 주저앉아 버렸다. 그렇게 힘을 주고 때린 것 같지는 않은데. 그 뒤로 잔근육은 나를 갖고 놀았다. 내가 겁먹은 걸 알고, 맛보기처럼 한 대씩 때렸다. 기권하지 않으면 본격적으로 때릴 거라는 듯이. 이번에는 배를 맞았으니 다음은 얼굴이겠지. 심판 아저씨가 이번에는 다급하게 다가와 나와 잔근육 사이를 가로막더니 나한테 속삭였다.

"야, 쟤 보통 아니야. 네 폼을 보니까 계속 시합하다가는 너 큰일 나. 그만해."

대놓고 내 걱정을 하고 있었다. 나도 알고 있다. 그렇다고 두 대 맞고 기권하기에는 너무 애매했다. 차라리 맞고 쓰러진 척할걸. 심판 아저씨는 내가 일어나자 안타깝다는 듯이 쳐다보다가 경기 재개 사인을 보냈다. 잔근육은 고개를 가로젓더니, 아까보다 빠른 걸음으로 다가왔다. 겁이 나서 오지 말라고 주먹을 막 휘두르다 그만 잔근육의 코를 쳐 버렸다. 잔근육은 잔뜩 얼굴을 찌푸렸다. 나는 네 얼굴을 치려고 한 게 아니라, 오지말라고 휘두른 거라고 해명하고 싶었다. 하지만 잔근육이 내 진심을 알아줄 리 없었다.

잔근육이 나한테 달려들었고, 나는 그냥 눈을 감아 버렸다. 솔직히 그 순간의 기억이 잘 나지 않았다. 내가 되게 많이 맞은 것 같기는 했다. 코치님 말로는 사바나에서 사자가 얼룩말을 물어뜯는 것 같은 처참한 광경이었다고 했다.

내가 일방적으로 구타당하고 있을 때, 링 안으로 흰 수건이 날아왔고 심판이 기다렸다는 듯이 잔근육을 말렸다.

"그만해요, 그만!"

"이거 학교 폭력 아냐?"

흰 수건을 던진 사람은 코치님이 아니라 옆에서 보고 있던 엄마, 아빠였다. 둘이 소란을 피우는 바람에 잠시 경기가 중단됐다. 경기 운영 위원들은 처음 겪는 상황이라 어떻게 처리할지 논의하겠다고 했다. 솔직히 여기서 경기가 끝나기를 바랐다. 잔근육한테 더 맞았다가는 진짜 큰일 날 것 같았다.

'다행히' 나는 실격 처리됐다. 코치님이 부모님을 진정시키고 있는 사이에 화장실로 얼굴을 씻으러 갔다. 얼굴 여기저기가 엉망이었다. 그때 잔근육이 화장실에 들어왔다. 잔근육은 나를 보고는 고개를 숙였다.

"수고하셨습니다."

나도 고개 숙여 인사한 다음 재빨리 화장실에서 나왔다.
계속 같이 있자니 창피했다. 나중에 알았는데, 잔근육은 1학년
이었다……

8전 8패. 내 복싱 예선 전적이다. 대부분 나는 많이 맞았고,
경기가 끝나면 심판은 상대 선수의 손을 들어 올렸다. 똑같은 글
러브와 기어를 끼고 경기한 게 믿기지 않았다. 다른 아이들 글
러브는 재질이 다른 것 같았다. 처음 경기할 때는 솔직히 아픈
지도 몰랐다. 긴장돼서 그런 것도 있지만 시합하는 것만으로도
좋았다. 하지만 두 번째 경기부터는 아팠다. 학원이나 학교에서
스파링 할 때보다 훨씬 더 아팠다. 너무 아파서 두 번째 경기가
끝난 날에는 코치님한테 물어봤다.

"제가 초보라서 아픈 거예요?"

코치님은 대답했다.

"이기면 안 아파."

복싱 선수를 꿈꾼 건, 중학교 3학년 겨울방학의 어느 날이
었다. 밖에 나가서 바람을 쐬고 싶었지만 연락한 친구들마다 다
바쁘다고 했다. 그래서 롱패딩을 걸치고 혼자 지하철 네다섯 정

거장 거리를 걷다가 고전 영화를 상영하는 작은 극장을 발견했다. 마침 학원에서 개근상으로 받은 문화상품권이 있었다. 무작정 가장 빨리 상영하는 영화로 골랐는데 그날 내 인생 영화를 찾았다. 바로 〈록키〉였다.

나는 잘하는 게 없었다. 공부도, 운동도, 싸움도, 연애도. 한마디로 루저였다. 그런데 록키도 루저였다. 복싱을 한다면, 나도 록키처럼 세상에 뭔가를 보여 줄 수도 있겠다고 생각했다. 이제 장래 희망 칸에 적을 게 있었다.

고등학교에 입학하기 전, 엄마를 졸라 복싱 학원에 다녔다. 첫날은 다리가 후들거리도록 줄넘기만 하고 왔지만 즐거웠다. 그날부터 복싱을 시작하기 전에 〈고나 플라이 나우〉를 들었다. 학원 아이들은 '개허세'라고 했지만 나는 이 노래만 들으면 가슴이 터질 것처럼 벅차올랐다. 가슴이 벅차오른다는 건 유니콘처럼 실제로 존재하지 않는, 상상의 감정이라고 생각했는데 말이다.

고등학교 배정이 발표된 날, 복싱이 내 운명이라는 걸 직감했다. 내가 입학하게 된 인사고등학교에 복싱부가 있었다. 나는 운명을 거부하지 않고 복싱부에 들어갔다. 물론 쉽게 받아주지는 않았다.

코치님은 중학교 때 복싱부였는지 물은 뒤, 아니라는 대답에 얼굴을 찌푸렸다.

"여기 아무나 운동하는 운동장 아니야. 선수들이 연습하는 체육관이라고. 그냥 운동하고 싶으면 복싱 학원 다녀."

"저는 복싱부에 들어가고 싶어요."

"너 싸움 좀 해? 그거 믿고 온 거야? 얼마나 잘하는데?"

"잘…… 못하는 거 같아요."

"그럼 아예 가망이 없어요, 이 친구야. 그리고 선수 하기에는 너무 많이 늦었어."

"미래는 아무도 모르는 거잖아요."

그때 갑자기 코치님이 주먹을 내질렀다. 나는 피하지도 못하고 얼어 있었는데, 갑자기 코치님은 감격스러운 표정으로 말했다.

"30년 복싱 인생 동안, 내 주먹에 눈 감지 않은 건 네가 처음이다. 그것만으로도 너는 복싱 할 자격이 있다."

"정말요?"

"복싱부에 온 걸 환영한다."

"잘 부탁드립니다. 코치님!"

그렇게 그날부터 복싱부원이 됐다. 감동적인 장면이었다. 나의 대사도, 코치님의 대사도 그리고 그날의 날씨까지 마음에 들었다. 마치 스포츠 청춘물의 한 장면 같았다. 나중에 알게 됐지만, 인사고등학교 복싱부 부원은 네 명뿐이라 그때 무조건 신입생을 받아야 했다. 코치님은 내가 눈을 감았어도 다른 이유를 찾았을 거라고 했다.

코치님은 복싱이 아닌 배우를 해야 하는 사람이었다. 하지만 코치님 말은 거짓말이 아니었다. 눈을 감지 않는 건 내 장점이었다. 주먹이 날아와도 눈을 감지 않았고, 몸이 빠르지는 않았지만 비교적 잘 피했다. 하지만 그것만으로 시합에서 이길 수 없었다. 펀치가 세야 했다. 아니면 맷집이라도 좋든가. 둘 다 해당하지 않았던 나는 매번 졌고, 코치님은 이렇게 말했다.

"걱정 마, 곧 터질 거야. 넌 내가 발견한 유망주라고."

하지만 터진 건 내 얼굴뿐이었다. 그리고 오늘은 눈까지 감아 버렸다. 다음 달에 예선이 또 있지만 이제는 그만 맞고 싶었다. 언제까지 주먹이 덜 매운 녀석을 만나기만 빌어야 할까. 그런데 복싱을 관둘 핑계가 없었다. 맞는 게 싫어서 관둔다고 하면 너무 겁쟁이 같으니까.

3

알 수 없었다. 체중 관리를 포기할 정도로 '브라질 분식'이

매력적이었는지, 대회 예선에 나가지 않을 핑계가 필요했던 건지. 그냥 오늘은 브라질 분식에 가고 싶었다. 그런데 막상 브라질 분식에 들어오니 식욕이 없었다.

브라질 분식은 브라질과는 아무 상관이 없었다. 브라질과 관련된 메뉴를 팔지도 않았고, 사장님이 브라질 사람도 아니었다. 사장님은 빠글빠글 파마머리를 한, 사은품으로 받은 것 같은 과자 캐릭터 티셔츠를 매일 입고 다니는 무뚝뚝한 표정의 50대 중년 아저씨였다. 테이블 몇 개와 의자 몇 개, 테이블마다 휴대용 가스레인지가 있는 전형적인 즉석 떡볶이집이었다. 왜 가게 이름이 브라질 분식인지는 모르겠지만 적어도 떡볶이 맛은 브라질 축구만큼 강력했다.

찬기가 한참 동안 무아지경으로 젓가락질하다가 못마땅하다는 듯이 나를 쳐다봤다.

"너는 먹는 거야, 마는 거야?"

"너나 열심히 먹어."

"너는 인마, 브라질 분식에 대한 예의가 없어. 여기는 네가 깨작거릴 수 있는 그런 데가 아니야."

나도 브라질 분식을 좋아하긴 했지만 찬기 정도는 아니었다. 찬기는 뭘 먹으러 가자고 하면 당연하다는 듯이 브라질 분식을 갔다. 한마디로 브라질 분식에 환장하는 아이였다.

찬기가 떡볶이를 씹다가 얼어붙었다. 종종 브라질 분식 떡볶이가 너무 맛있다면서 이렇게 재미없는 오버 액션을 한다.

"재밌냐?"

내가 정색하고 묻자, 찬기가 꿀꺽 삼키더니 대답했다.

"오연희야."

"뭐?"

이런, 너무 크게 놀라 버렸다. 민망해서 잠깐 꼼짝 않고 있다가 슬쩍 고개를 돌렸는데, 누가 자고 있을 때 불을 켠 것처럼 눈이 부셔서 계속 보고 있을 수가 없었다. 오연희랑 일행은 우리 옆 테이블에 앉았다.

긴 생머리, 고양이상의 뚜렷한 이목구비. 오연희는 남자아이들이라면 한 번쯤은 좋아했을 법한 여자아이의 표본 같은 애였다. 아무리 붐비는 곳이라도 오연희가 어디 있는지 곧바로 알 수 있었다. 남자아이들이 멍하니 쳐다보고 있는 쪽이 오연희가 있는 곳이었다. 하지만 오연희는 남들의 시선에는 아무런 관심이 없는 것 같았다. 함께 다니는 몇 명의 친구들에게만 신경 쓸 뿐이었다. 마치 단역들은 쳐다도 보지 않고, 자기 장면만 연기하는 주인공 같았다. 물론 나는 주인공에게 한두 마디라도 건넬 수 있는, 약간의 대사가 있는 조연이기를 바랐다.

중학교 2학년 때 오연희와 같은 학원에 다녔다. 화요일과 목요일에 두 시간만 하는 영어 수업을 들었는데 몇 번째 수업부터인지 모르겠지만 오연희를 좋아하게 됐다. 매일 남자아이들은 어처구니없는 핑계를 대며 오연희한테 말을 걸었고, 오연희는 매일 아무렇지도 않게 그 아이들을 무시했다. 나도 말을 걸고 싶었지만 그런 남자아이들 중 하나가 되고 싶지는 않아 1년 동안 말도 붙이지 못했다. 오연희와 길에서 마주쳐도 알은척하지 못했다. 나를 쳐다보지도 않았으니까.

찬기가 작게 말했다.

"이것 봐. 오연희도 브라질 분식 좋아하잖아. 이래도 브라질 분식 무시할 거냐?"

"지금 그게 중요하냐?"

"중요하지. 오연희가 인증했잖아."

어처구니가 없어 말없이 찬기를 쳐다보다 옆 테이블에서 웃음소리가 들려 고개를 돌렸다. 늘 무표정했던 오연희가 웃고 있었다. 웃는 오연희를 본 것만으로도 오늘은 의미 있었다.

"야, 적당히 쳐다봐라."

"쳐다보긴 뭘 쳐다봐. 그냥 시계 본 거야."

찬기 말에 괜히 민망했다. 찬기를 볼 때도 귀는 오연희 쪽 테이블에 열려 있었다. 그때 찬기가 또 한마디 했다.

"쯧쯧. 이루지 못할 꿈은 꾸지도 마. 쟤, 우리 같은 애들은 안 돼."

'우리'라니. 같은 급으로 묶으니 빈정이 상했다.

"난 너랑 다르거든? 쟤랑 1년 동안 학원도 같이 다녔어."

"그럼 뭐 해? 쳐다도 안 보는 건 똑같은데."

또다시 자극하니 오기가 생겼다.

"쳐다보면 어쩔래?"

"떡볶이 내기 콜?"

"콜."

"3초 이상 봐야 돼."

나는 고개를 끄덕이고는, 작게 중얼거렸다.

"아, 무슨 파리가 이렇게 날아다녀!"

그러면서 자리에서 일어나 섀도복싱을 했다. 다 이유가 있
다. 오연희는 중학교 때까지 하키를 해서, 운동 잘하는 남자아이
들한테는 관심을 보인다고 한다.

"겁나 관종이네."

10초 정도 휘둘렀을 때, 오연희 옆 테이블에서 누군가 말했
다. 그 말에 오연희를 슬쩍 쳐다봤는데, 고개를 절레절레 젓고
있었다. 머쓱하게 자리에 앉았는데 사장님이 다가왔다.

"우리 가게에서 또 이런 짓 하면 출입 금지다."

사장님은 내 대답을 듣지도 않고 가 버렸다. 사장님이 보지

는 않겠지만 사장님을 향해 고개를 숙였다.

"돌았냐? 갑자기 뭐 하는 짓이야, 쪽팔리게."

찬기가 정색하면서 말했다.

"아, 그냥 파리가 있어서 그런 거야."

그러다 어떤 아저씨와 눈이 마주쳤다. 나 때문에 짜증이 났
나 싶어 그 아저씨한테도 고개를 숙인 후 떡볶이를 입에 쑤셔
넣었다.

"저 학생, 잠깐 얘기 좀 할 수 있을까?"

브라질 분식을 나오는데 아까 나와 눈이 마주쳤던 아저씨
가 쫓아왔다.

"네? 무슨 얘기요?"

혹시 나 때문에 화가 난 걸까? 겁이 많은 찬기는 가방을 꼭
끌어안고 저만치 물러났다. 언제든 뛸 준비가 됐다는 듯이.

"혹시 소속사 있니?"

"소속사요?"

갑자기? 이거 '도를 아십니까'의 새로운 버전일까?

"엔터테인먼트 말이야. 연예인 소속사."

"아, 아뇨."

"정말? 다행이다. 나는 네가 소속사에 있는 애일 거라고 생

각했거든."

아저씨는 손뼉을 치며 좋아하더니 지갑에서 명함을 꺼내서 줬다. 빅찬스엔터테인먼트 대표 오찬세. 이게 무슨 상황이지? 흔히 말하는 길거리 캐스팅인 걸까?

"연예인 할 생각 있으면 연락해. 아니, 넌 생각이 없어도 해야 해. 그냥 무조건 내일 연락해. 문자 보내지 말고 그냥 전화해, 알았지?"

그렇게 자기 말만 하고 손을 흔들며 가 버렸다.

"대박."

찬기의 목소리가 아니었다. 오연희의 목소리였다. 깜짝 놀라 뒤돌았더니, 오연희가 나를 보며 말했다.

"너, 길거리 캐스팅된 거야?"

역사적인 순간이었다. 오연희가 나한테 처음 말을 건 날이었으니까.

"아니, 뭐 그게……."

심호흡하며 머릿속으로 여러 가지 단어를 떠올렸다. 첫 대화니까 멋진 말을 해야 한다.

"보면 모르냐?"

눈치 없이 찬기가 끼어들었다. 긴장했는지 찬기의 눈이 파르르 떨렸다. 오연희는 나를 향해 다시 말을 이었다.

"이경수 네가 키도 크고, 비주얼도 나쁘지 않지."

하마터면 소리를 지를 뻔했다. 내 이름을 알고 있다는 것도 놀라운데 나더러 비주얼이 나쁘지 않다니. 외모가 괜찮다는 말이 맞을까? 인사고등학교 남자아이 중에서 오연희한테 이런 말을 들은 아이가 있을까?

숨이 가빠 왔다. 중학교 1학년 때, 설날 세뱃돈을 들고 피시방에 갔다가 노는 형들과 마주쳤을 때도 이렇게 조마조마하지는 않았다.

"지금 나한테 한 얘기지?"

괜히 한번 물어보고 싶었다.

"혼잣말을 이렇게 크게 하겠어?"

오연희가 어처구니없다는 듯이 대답했다.

"이 명함 너 줄까?"

"그걸 왜 나한테 줘?"

"아니…… . 명함이 예뻐서."

오연희는 그냥 가만히 나를 쳐다봤다. 연속해서 멍청한 말만 했다. 머릿속에 있던 멋진 말은 어디론가 사라져 버렸다. 심장이 너무 쿵쾅거려서 기운이 없었다.

"연락할 거야?"

"누…… 누구한테?"

"명함 준 아저씨한테 말이야."

다행이다. 그 순간 '너한테?'라고 물을 뻔했다. '관심 없으니 전화 안 해.'라고 센 척을 할까, 아니면 능청스럽게 '전화할까?'라고 물어볼까. 그때 찬기가 또 끼어들었다.

"야, 애 복싱해야 해."

여전히 오연희는 찬기에게 관심이라는 은혜를 베풀지 않고 나한테 말했다.

"아까 그게 복싱이었어?"

"응, 2년 정도 했어……."

"어울리네. 팔다리도 길어서. 그런데 넌 연예인이 더 어울릴 거 같은데."

오연희는 흘리듯이 말하고는 자리를 떠났다. 나는 멀어져 가는 오연희를 한참 쳐다보다가 손에 쥔 종이 쪼가리를 봤다. 이 종이 쪼가리는 마법이다. 엑스트라에서 주인공으로 만들어 줄 마법. 꿈이 아닌 현실로 오연희를 데려올 마법. 늘 지기만 하는 복싱에서 건져 줄 마법. 나는 마법의 종이 쪼가리가 꾸겨지지 않게 조심히 지갑에 넣었다.

4

"사람마다 가지고 있는 눈빛이 달라. 나 쳐다봐 봐. 어때?"

"인상이 좋으세요."

대표님은 원하는 답이 아니라는 듯 고개를 저으며 말했다.

"아니, 그런 거 말고."

나는 명함을 받은 다음 날 오찬세 대표님한테 연락해 사무실로 찾아갔다. 사무실은…… 생각보다 작았다. 연예인 기획사 사무실치고 오피스텔은 너무 소박했다. 대표님은 냉장고에서 음료수를 꺼내 주다가 내 실망한 기색을 눈치챘는지, 태블릿을 들고 와 여러 연예인 사진을 보여 줬다. 내가 아는 연예인이 꽤 있었다. 대표님은 원래 KG, 클로버 같은 대형 기획사에서 연예인 발굴을 했다고 했다. 그런데 대형 기획사는 진짜 원석을 찾는 일에 소홀하고 불공정한 일도 많아 독립했다고 했다.

"너 같은 애를 찾으려고 내가 독립한 거야. 너는 딱 배우를 해야 돼."

기분 좋은 말이었지만 이해가 되지 않았다. 나는 살면서 먼저 고백받아 본 적도 없는데. 길거리 캐스팅을 당하려면 오연희 정도는 돼야 하는 게 아닐까?

"제가 왜 배우를 해야 해요?"

"내 눈빛 어때?"

"눈빛이요?"

이게 무슨 생뚱맞은 소리인지 모르겠다.

"그래, 어떤 눈빛 같아?"

"그냥 뭐…… 착한 눈빛?"

"내 눈빛은 그냥 그래. 누군가에게 영향을 주는 눈빛이 아니야. 사람의 눈빛은 크게 세 가지인데, 아무 영향을 못 주는 눈빛, 사람을 쫓아내는 눈빛, 사람을 빨아들이는 눈빛이 있어. 잠깐만 와 봐."

대표님은 나를 입구에 있는 전신 거울 앞으로 데려가더니 말을 이었다.

"네 눈을 쳐다봐. 내가 그만 보라고 할 때까지 계속 봐."

"네."

며칠 전 시합하다가, 아니 얻어맞다가 터진 입술이 보였다. 지긋지긋했다. 그만 보고 싶었지만, 대표님 시선이 느껴져 한참을 쳐다봤다. 그런데 내 눈빛이 뭔가 다른 것 같았다.

"네 눈을 이렇게 오래 본 적이 없지? 너는 배우가 돼야 해. 너 같은 애를 배우 안 시키면 나는 직무 유기야. 연예 기획사 대표를 할 자격이 없는 거지."

"그런데 저 연기 같은 거 해 본 적 없는데 괜찮을까요?"

말하면서 깨달았다. 내가 〈록키〉에 반했던 건 복싱 때문이 아니라, 록키를 연기한 실베스타 스텔론 때문이었다. 정답을 찾은 것 같아 갑자기 온몸에 소름이 돋았다.

"해 본 적 없어도 돼. 어차피 너는 배우를 해야 할 운명이야. 그걸 내가 빨리 찾아낸 거고. 트레이닝만 좀 받으면 돼."

"트레이닝이요?"

"응. 발성, 포즈, 연기, 춤 이런 거 다 트레이닝이 필요하거든. 그리고 해외 진출도 미리 준비해야 하니까 외국어도 배워야 해. 너는 진흙 속에 숨은 진주, 아니 다이아몬드야. 트레이닝만 조금 받으면 다 씹어 먹을 수 있어."

"그런데 혹시 제가 이런 거 처음이라서 그러는데, 트레이닝에 돈이 들어요?"

"아, 그거 얼마 되지도 않아. 걱정할 필요 없어."

그 말을 들으니 살짝 안심이 됐지만 정확한 액수를 알아야 했다.

"얼만데요?"

"3000만 원이면 충분해. 너는 딱 그 정도만 부담하면 돼. 나머지는 회사에서 충당할 거니까."

"3000만 원이요?"

연예인을 하면 소속사에서 다 알아서 해 주는 줄 알았다.

154

그런데 3000만 원이나 들다니. 우리 집에 그 돈이 있을 리 없다. 방금 진짜 꿈을 찾았는데 돈이 없어서 곧바로 포기해야 한다니. 돈이 없는 게 죄라는 말이 실감 나서 눈물이 났다.

"대표님, 우리 집은 돈 없어요. 저 배우 못 할 것 같아요."

목이 멘 채 그 말을 뱉으니 대표님은 잠깐 당황하더니 절충안을 이야기했다. 반만 내고 나머지는 데뷔한 뒤에 정산하자고.

"트레이닝비를 다 사후 정산으로 해 주고 싶지만, 지금 여러 아티스트를 키우는 중이라서 그것까지는 어려워."

1500만 원도 적은 돈은 아니지만 해 볼 만하다고 생각했다. 대표님이 설득은 자신이 할 테니 부모님만 만나게 해 달라고 했다.

5

엄마를 오피스텔, 아니 소속사 사무실로 데려갔다. 여기까지 오는 것도 쉽지 않았다.

대표님을 만나고 온 첫날, 집에 가서 '길거리 캐스팅'이 됐다고 말했다. 엄마도 아빠도 황당해했다. 믿지 못하는 것 같아서 받은 명함을 보여 주니까 둘 다 바로 회사를 검색했다. 회사가 검색되자, 꽤 놀라는 눈치였다. 엄마는 떨떠름한 표정으로 말했다.

"그래, 그럼 한번 해 봐."

"고마워, 엄마."

"하고 싶은 건 해 봐야지. 돈이 드는 것도 아닌데."

"돈 들어."

"뭐? 연예인 하는 데 돈이 왜 들어? 돈을 벌어야지."

"하는 데 돈이 드는 건 아니고, 트레이닝비가 필요해. 데뷔하기 전에 보컬 훈련, 안무 훈련 같은 거 해야 해서."

"그게 얼만데?"

"1500만 원. 이거 내가 반으로 깎은 거야."

정확하게 말해서 깎은 건 아니었지만, 뭐라도 긍정적인 얘기를 덧붙여야 엄마, 아빠를 설득할 수 있을 것 같았다. 아빠가 헛기침을 하더니, 엄마를 쳐다봤다. 엄마에게 마무리를 맡기는 것 같았다. 엄마가 상기된 표정으로 말했다.

"무슨 1500만 원을 1,500원처럼 얘기하네. 뉴스 못 봤어? 돈 달라고 하는 거 다 사기라고."

"엄마, 진짜 돈 들어. 검색해 봐. 트레이닝 비용이 있는지, 없는지."

"됐어. 알고 싶지도 않아. 사기가 아니더라도 돈 없으니까 네가 알아서 해."

　그날의 대화는 그렇게 끝났다. 하지만 포기할 수 없었다. 나는 배우를 해야 하는 운명이었으니까. 며칠간 엄마를 쫓아다니며 나중에 꼭 갚을 테니 도와 달라고 했다. 엄마가 꿈쩍도 하지 않길래 그럼 한 번만 대표님을 만나 봐 달라고 사정했다. 결국 엄마는 함께 사무실로 왔다.

　"저희는 돈이 없어 연예인은 못 시키겠습니다. 그 말씀 드리러 왔습니다."

　엄마가 자리에 앉기도 전에 대표님에게 말했다. 대표님은 웃으며 대꾸했다.

　"어머님, 저도 드릴 말씀이 있어서 뵙자고 한 겁니다."

　"방금 말씀드렸잖아요. 돈이 없어서 못 하겠다는데 더 할 얘기가 있어요?"

　"네, 돈 얘기는 아무것도 아닙니다. 경수 인생에 대한 얘깁니다."

　"경수 인생이요?"

　"최근에 경수의 눈을 제대로 보신 적이 있습니까?"

　"맨날 얼굴 보고 사는데요."

　"경수를 가만히 바라보신 적이 있냐고요."

　"글쎄요."

"그럼 지금 여기서 경수의 눈을 보고 가세요."

"오글거리게 다 큰 자식 눈을……."

"딱 30초면 됩니다. 그러고 가세요."

"알겠어요. 딱 그것만 하고 갈 거예요."

엄마는 대표님의 손짓에 따라 나를 빤히 쳐다봤다. 어색해서 눈을 피하려는데 대표님이 내 얼굴을 잡고 엄마 쪽으로 돌렸다. 얼마 지나지 않아 엄마의 눈시울이 붉어졌다.

"그만할게요."

엄마는 고개를 돌렸고, 나는 놀라서 가만있었다.

"어머님, 느끼셨어요? 경수는 보통 사람의 눈이 아니에요. 사람을 감동시키는 눈이에요. 저희끼리는 사람 빨아들이는 눈이라고 합니다. 저도 우연히 보지 못했다면 놓쳤을 거예요."

"경수가요?"

"어머님 눈가가 촉촉해지셨잖아요. 겪어 보고도 모르시겠어요? 경수는 잠재력이 있어요. 회사에 여유가 좀 더 있었으면 트레이닝비 걱정 없이 바로 준비하면 되는 건데. 제가 다 무능한 탓입니다. 경수한테 미안하네요. 하지만 이렇게 기회를 놓치면 경수가 아니라 부모님이 크게 후회하실 거예요."

엄마는 잠시 말이 없었다.

"트레이닝 안 받고 연예인 되는 건 힘든가요?"

"음…… 뭐랄까요……. 학원도 과외도 없이 교과서만 공부해서 대학 간다는 거랑 비슷합니다. 경수는 가능할 수도 있어요. 지금부터 10년 정도 열심히 하면 해 볼 만하죠."

"10년이나요?"

"공부 전혀 안 하다가 갑자기 1, 2년 공부하면 서울대 갈 수 있나요? 연예인 데뷔는 대학 가는 정도가 아니라 서울대 가는 겁니다. 그 정도 경쟁률이에요."

그러더니 대표님이 내 등을 두드리며 말했다.

"경수야, 열심히 해 보자. 군대도 갔다 오고 그러면 10년이 더 걸릴지도 모르지만. 어떻게든 되겠지!"

"잠깐만요, 대표님. 혹시 500만 원어치만 트레이닝을 받아도 될까요?"

엄마가 조금 달라진 표정으로 말했다.

그러자 대표님 얼굴에 약간 화색이 돌았다.

"아, 그럼요. 몇 가지 트레이닝은 좀 미루면 됩니다."

"다들 그렇게 많이 하나요?"

"보통은 트레이닝 다 받죠. 그게 데뷔를 빨리하는 데도 좋고, 데뷔를 빨리하면 대학 입시에도 좋으니까요."

"대학이요?"

대학이라는 말이 엄마를 자극한 것 같았다.

"아무래도 배우가 되면 연예인 입학 전형 같은 거로 많이 가잖아요."

"그걸 몇 명이나 뽑겠어요."

"아니에요. 꽤 많이 뽑아요."

그러면서 대표님은 연예인 사진들을 보여 주며 그들이 입학한 대학교 이름을 말했다. 엄마는 고개를 몇 번 끄덕였다.

"대표님, 트레이닝 다 받겠습니다."

"아닙니다. 경제적으로 어려우시다는 걸 제가 알게 됐잖아요. 무리하시면 안 돼요."

"아니에요. 대표님을 뵙고 나니 한시름 놓이네요."

"어머님, 저를 믿지 마세요. 경수의 재능과 경수의 미래를 믿으세요. 저는 그냥 최선을 다하기만 할 겁니다."

"1500만 원 보내드리면 되죠?"

"네. 계좌번호는 잠시만요."

"엄마……."

엄마가 지원해 줬으면 하고 바랐지만, 막상 엄마가 1500만 원이라는 큰돈을 보낸다고 하니 불안하고 미안했다. 우리 집에서 이 정도 큰돈을 써도 되는 걸까? 내가 그만큼 잘해 낼 수 있을까?

그때였다. 초인종 소리와 함께 "치킨 배달 왔습니다."라는 말이 들렸다. 대표님과 엄마는 서로를 멀뚱히 쳐다봤다.

"어머님, 혹시 치킨 여기로 시키셨어요?"

"아니요."

"그럼 경수 네가 시켰니?"

"아니요."

그러자 대표님은 "치킨 안 시켰어요."라고 현관문을 향해 외쳤다. 하지만 초인종은 계속 울렸다. 대표님은 짜증을 내면서 문을 열었다.

"뭐 하는 겁니까?"

현관 앞에는 두 남자가 서 있었다. 대표님이 뒤로 물러서자 스포츠머리를 한 남자가 말했다.

"당신은 묵비권을 행사할 수 있고 변호사를 선임할 수 있습니다……."

영화에서나 보던 '미란다 원칙'이었다. 옆에 있는 수염 난 남자는 미성년자 약취 유인과 사기로 체포한다며 대표님에게 수갑을 채웠다.

"왜 이러세요, 대표님한테."

내가 다가가자 스포츠머리 남자가 말했다.

"학생, 이 사람 사기꾼이야."

"네?"

"학생이랑 부모님 큰일 날 뻔했다고."

"대표님, 그런 분 아니죠? 저 아저씨들이 뭘 잘못 알고 저러는 거죠?"

대표님의 팔을 붙잡자, 대표님은 슬그머니 팔을 뺐다. 분명히 뭔가 큰 오해가 있었다.

엄마랑 나도 같이 경찰서에 가야 했다. 형사들의 경찰 신분증을 보고, 경찰 배지를 보고, 경찰서에 들어갔을 때도 믿지 않았다. 경찰서에서 '사람 빨아들이는 눈빛'을 가진 남자아이 셋과 여자아이 둘, 그리고 그들의 부모님을 보기 전까지는.

엄마와 나는 간단하게 형사들이 물어보는 질문 몇 가지를 대답하고 경찰서에서 나왔다. 나와서 말없이 한참을 걸었다. 그러다 엄마가 먼저 말했다.

"배 안 고파?"

"그냥 그래."

"그거 이름이 뭐였지? 너 자주 먹는 거. 치킨에 무슨 가루 뿌려져 있는 거."

"뿌링클."

"엄마 폰으로 시켜. 지금 시켜야 집에 가서 바로 먹지."

엄마는 핸드폰을 건넸고, 나는 말없이 치킨을 주문했다. 그리고 집에 갈 때까지 우리는 아무런 말도 하지 않았다.

6

"방송에는 언제 나오냐?"

수업 중인데, 갑자기 선생님이 나를 쳐다보며 물었다. 그러자 교실에 있는 아이들이 킥킥거리면서 모두 나를 쳐다봤다.

"아직은 잘 모르겠어요. 확실해지면 말씀드릴게요."

나는 누구와도 눈을 마주치지 않고, 선생님만 쳐다보면서 말했다. 그러자 선생님은 한마디 덧붙였다.

"내 제자 중에 연예인은 없었는데, 이제 생기겠네."

가슴이 답답해졌다. 이따 쉬는 시간 되면 또 몇 명이 물어보러 오겠지. 사기라는 걸 알게 된 뒤로, 학교에서 점심을 먹으면 꼭 체했다.

내 길거리 캐스팅 소식은 찬기가 자기 일처럼 열심히 떠들고 다닐 때까지만 해도 별일이 아니었다. 그런데 내가 대표님을, 아니 사기꾼을 만난 순간을 목격한 다른 아이가 있었다. 걔가 '우리 학교에 어떤 애가 길거리 캐스팅을 당했다.'라고 SNS에 올렸는데, 거기에 찬기가 '그게 경수고 그 옆에 오연희도 있었다.'라는 댓글을 달면서 일이 커졌다.

대형 기획사에 캐스팅됐다, 오연희랑 사귀고 있다, 아이돌 연습생이다 등 말도 안 되는 소문이 돌았다. 솔직히 처음에는 기분 좋았다. 38명이었던 SNS 팔로워가 갑자기 400명이 넘었다. 옆 반 여자아이들이 쉬는 시간에 나를 보러 오는 일까지 생겼다. 이런 관심에 보답하기 위해 점심시간에 일부러 나가서 농구도 하고 SNS에 사진도 자주 올렸다. 이런 게 '셀럽의 삶'이구나 싶었다.

하지만 길거리 캐스팅 사건이 사기라는 걸 알고 나서는 SNS를 비공개로 바꿨다. 팔로워가 많아서 계정을 삭제하기는 아까웠지만. 그리고 이제는 아이들을 피해 다녀야 했다. 거짓말을 하기도, 사기를 당했다고 고백하기도 싫었다.

"애들이 너 비싼 척한다고 난리야."

찬기가 불닭삼각김밥을 한 입 베어 물더니, 삼키지도 않고 말했다. 나 때문에 덩달아 찬기도 애들을 피하게 됐다. 우리는 일부러 동네에서 멀리 떨어진 피시방과 편의점에 다녔다.

"넌 지금 내가 비싼 척하는 것처럼 보이냐?"

"난 애들한테 뭐라고 하냐?"

찬기가 억울하다는 듯이 말했다. 누가 이야기하고 다니랬나. 나도 답답했다.

"그냥 적당히 둘러대. 딱 여름방학만 지나면 애들도 더 안 물어봐."

"야, 아직 두 달 가까이 남았어. 그냥 명함만 받고 연락하지 말았어야 했는데. 괜히 연예인 한다고 소문만 나서."

내가 연락한 게 문제가 아니라, 네가 SNS에 올린 게 문제 아니냐고 따지고 싶었지만 꾹 참았다. 이미 심란한 일은 충분하니까.

"그런데…… 나 진짜 할 거야."

"뭘?"

"연예인 한다고."

"무슨 헛소리야. 그 사람 사기꾼이라며."

"오디션 볼 거야."

"뭐, 오디션?"

찬기가 갑자기 너무 크게 말하는 바람에 주위 사람들이 우리를 쳐다봤다. 노려보는 점원 형에게 나는 찬기 대신 살짝 고개를 숙였다.

"야, 그게 되겠어?"

찬기가 작게 속삭였다. 더 이상 대꾸하지 않았다. 학교 소문은 여름방학만 지나면 잠잠해질 거다. 애들한테 금방 잊히겠지. 문제는 오연희였다. '길거리 캐스팅 사건' 이후로 오연희는 마을버스나 길에서 마주치면 알은척했다. 소문이 더 커졌던 이유도 이거였다. 오연희는 연극영화과에 가서 배우가 되는 게 꿈이라는 이야기를 들었는데, 아마 그래서 그런 것 같다. 그렇게 반가워하는 건 아니었지만 나를 알아봐 주는 것만으로도 좋았다. 어제저녁에는 먼저 다가와서 말을 걸었다.

"소속사는 어때?"

"응…….'

"어떠냐고 물었는데 그게 맞는 대답이야?"

"아, 좋다는 뜻이야."

사기당했다고 말하는 순간, 오연희에게 다시 투명 인간이 될 거라는 확신이 들었다.

"프로필 사진은 찍었어?"

"응?"

"오디션 같은 거 신청하려면 프로필 사진 찍어야 하는 거 아니야?"

그때 처음 알았다. 오디션을 보려면 프로필 사진이라는 게 있어야 한다는 걸.

"아, 우리 회사에서는 오디션 사진이라고 하더라고. 그래서 몰랐어. 며칠 있다가 찍을 거 같아."

"그래? 나중에 어디서 찍었는지 좀 알려 줘."

"너도 찍게?"

"뭐, 잘 찍는 데 알면 좋지."

"아, 알았어. 사진 찍고 알려 줄게."

"기대할게."

무엇을 기대한다는 걸까. 뭔지는 몰라도 아무것도 실망시키고 싶지 않았다.

7

알람이 울리기 전에 눈이 떠졌다. 오늘은 내 인생 첫 오디션을 보러 가는 날이다. 프로필 사진을 찍고 오디션 카페에 가입해서 여기저기 오디션을 지원했다. 그리고 며칠 뒤, 한 곳에서 오디션을 보러 오라는 연락이 왔다. 〈천마도의 비밀〉이라는 삼국 시대가 배경인 영화였는데, 아역 조건이 나랑 딱 맞았다. 키 180센티미터 이상, 운동부 경험이 있는 만 15세에서 19세 사이 남자.

오디션장은 경주에 있었다. 경주가 드라마 촬영지라도 오디션은 서울에서 봐도 됐을 텐데 싶었다. 경주에 가려면 KTX나 시외버스를 타야 했는데 값이 두 배나 차이 나길래 시외버스를 탔다. 도로가 막혀서 예상 시간보다 30분 늦게 도착했지만, 시내버스만 제대로 타면 문제없었다. 터미널에 내리니 넓게 펼쳐진 경주의 평야가 눈에 들어왔다. 내 앞날도 저렇게 훤히 보인다면 얼마나 좋을까. 터미널 앞 약국에서 청심환 한 병을 사 마시고 석굴암 가는 버스를 탔다.

버스 뒤편에 빈자리가 보여서 재빨리 자리에 앉았다. 버스 안은 사람들의 대화로 조금 소란스러웠다. 그런데 운전석 쪽이 유난히 시끄러웠다. 버스 기사 아저씨가 점점 언성을 높이는 게 느껴지더니, 이내 그 말이 또렷하게 들렸다.

"아니, 그러니까 목적지가 어디냐고요!"

기사 아저씨 옆에는 어떤 여자가 서 있었는데, 외국인인 것 같았다. 외국인은 핸드폰을 기사 아저씨에게 건넸다.

"아, 답답하네. 알아보지도 못하는 영어 지도만 보여 주면 내가 어떻게 알려 줘요?"

외국인은 어떻게 해야 할지 몰라 불안한 표정이었다. 누군가 도와주겠지. 이어폰을 꽂고 눈을 감았다. 하지만 계속 신경이 쓰여 노래 한 곡이 다 끝나기도 전에 앞을 쳐다봤다. 외국인은 여전히 어쩔 줄 몰라 했다. 버스 안을 슬쩍 둘러봤는데, 영어를 조금이라도 할 법한 사람은 보이지 않았다. 버스 안의 몇몇 어른이 나를 쳐다봤다. 나한테 영어로 대화를 해 보라는 것 같았다. 청심환 때문이었을까? 나는 일어나서 외국인에게 발걸음을 옮겼다. 영어는 70점을 넘긴 적도 없는데.

"메이 아이 헬프 유?"

외국인이 슬쩍 반가운 기색을 보이긴 했는데, 내 말을 이해하지 못한 것 같았다. 내 발음이 좀 후지긴 했다. 다시 한번 또박또박 말했다.

"메이 아이 헬프 유?"

"소리, 아이 돈 스피크 잉글리시."

아, 이 사람도 나처럼 영어를 못하는 거였다. 고등학생이라고 다 영어를 잘하는 게 아닌 것처럼 외국인이라고 다 영어를 잘할 수는 없겠지.

"미 투."

나는 어색하게 웃어 보였다. 외국인이 핸드폰 화면을 보여 줬는데, 구글 맵이 실행돼 있었다. 화살표를 따라가니 '울산'이라는 단어가 보였다. 나는 '이곳이 맞느냐?'는 말을 얼굴에 담아, 손가락으로 지도를 가리켰다. 그러자 외국인은 고개를 끄덕였다.

"기사님, 이분 울산 가셔야 한다는데요?"

"아, 그럼 왜 이 버스를 탄 거야. 학생, 내려서 150번 타라고 해."

"아, 네……."

또다시 난관이 발생했다. 어떻게 설명할까 하다가 핸드폰 메모장에 150을 적어서 보여 줬다.

"버스 넘버. 넥스트 버스 스탑. 보딩."

"생큐."

외국인은 고맙다는 표정으로 고개를 숙여 인사한 뒤, 버스가 멈추자 곧바로 내렸다. 과연 제대로 알아들은 걸까?

"아, 맞다. 이 옆에 있는 정류장인데."

기사 아저씨는 혼잣말을 나에게 다 들리게 말했다. 그 말을 들으니 외국인이 경주 거리를 헤매고 다닐까 봐 걱정됐다. 엄마가 무조건 시험장에는 여유 있게 도착해야 한다고 했는데. 지금 버스에서 내리면 복잡해지는데.

"기사님, 저도 내릴게요!"

버스 뒷문을 치면서 소리를 질렀다. 적어도 오늘은, 경주에서 불안해하는 사람이 한 명은 줄었으면 했다. 버스 문이 열렸고, 곧장 뛰어내렸다. 외국인은 정류장에 서 있었다.

"헤이! 팔로 미."

나도 모르는 동네라 구글 맵을 보면서 계속 두리번거렸다. 그래도 외국인의 표정이 밝아 보여서 다행이었다. 버스 정류장을 찾았고, 나는 다시 한번 안내했다.

"웨이트. 라인 원피프티 버스 커밍."

"생큐, 생큐."

외국인은 고개를 꾸벅였다. 마음이 놓이니까 또 급해졌다.

석굴암 가는 버스를 타려면 다시 길을 건너야 했다. 건널목 앞
신호등의 파란불이 반짝였고, 나는 횡단보도로 뛰어갔다.

8

주위에 사람들이 몰려 있었다. 희미하게 사람들이 보였는
데, 눈을 뜨고 싶지는 않았다.

나는 횡단보도로 뛰어가다 달려오는 오토바이에 부딪혔
다. 몸이 좀 아팠고, 모든 게 귀찮았다. 어차피 오디션을 봐도 떨
어질 건데 굳이 봐야 하는 걸까. 그리고 지금 오디션장에 가도
늦어서 소용없다. 그래도 교통사고라는 아주 좋은 핑계가 있으
니 괜찮았다. 이대로 눈을 감은 채 조금 더 바닥에 누워 있고 싶
었다.

"괜찮아?"

아까부터 누가 계속 나를 흔들었다. 계속 흔드니 멀미가 나
는 것 같아, 결국 몸을 일으켰다.

"괜찮아."

내 또래 아이가 반말을 하니, 나도 반말로 대꾸했다.

그때 옆에 있는 할머니가 "주여." 하고 한숨을 내쉬더니, 헬

멧 든 남자아이의 등짝을 후려쳤다.

"그러니 신호 좀 잘 지켜야제. 요즘 아들은 겁시 없어, 겁시."

그러면서 할머니는 몸조리 잘하라 하며 갔고, 몇몇 어른이 괜찮냐고 물었다. 내가 괜찮다고 계속 말하자 주위에 있던 사람들이 흩어졌다. 헬멧 든 남자아이 눈에는 눈물이 고여 있었다.

"병원부터 가자."

이 녀석은 계속 반말이었다.

"됐어."

"가야 해."

"아, 됐다니까."

"너 병원 안 가면 나중에 내가 뺑소니로 신고당할 수도 있잖아."

"신고 안 한다."

"신호 위반으로 너 친 것도?"

"그래! 그만 좀 물어봐라."

"그래도 폰 줘 봐. 내 번호 찍어 줄게. 나중에 아프거나 하면 연락해."

"어차피 여기 안 살아. 나 서울에서 왔어."

내가 됐다고 아무리 해도 계속 손을 내밀었다. 나는 결국 핸드폰을 건넸고, 그 아이는 자기 번호를 찍었다.

172

"난 라석철이야."

대충 고개를 끄덕이고는 핸드폰을 돌려받았다. 이 정도로 헤어지려고 했는데, 라석철이 다시 말을 걸었다.

"너, 어디 가는 길이었어?"

"알 거 없어."

"서울에서 여기까지 왔으면 무슨 이유가 있을 거 아냐?"

"그걸 내가 너한테 왜 말하냐? 가던 길 가라."

무시하고 지나가려는데, 라석철이 가로막았다.

"너 혹시 가출했냐? 맞지?"

"아니거든!"

"너 딱 봐도 고등학생인 것 같은데? 가출이 아니면 서울 애가 왜 여기 있는데."

"오디션 보러 왔다! 그런데 너 때문에 오디션 늦었어. 다 끝났어."

라석철은 내 말에 울상을 했다. 순간 짜증이 났을 뿐, 라석철 때문이라기에는 애매했으니까 좀 미안한 기분이 들었다.

"나 때문에 늦은 거야?"

심지어 라석철은 갑자기 주저앉았다.

"야, 아니야. 너 때문이 아니야."

"아니긴 뭐가 아니야. 미안해. 내가 네 인생을 망쳤나 봐."

"망치긴 뭘 망쳐. 이미 늦은 거였어."

"오디션 몇 시였는데?"

"2시."

그러자 라석철이 핸드폰으로 시간을 확인했다.

"오디션 장소가 어딘데?"

"석굴암 주차장."

"내가 태워다 줄게. 아직 안 끝났을 거야."

"아, 됐어. 나 안 갈래, 그냥. 귀찮아."

"가. 아니면 내가 네 오디션 망친 게 되잖아."

"너 때문이 아니야. 그냥 내가 늦은 거야. 됐어, 어차피 망할 오디션이었어."

라석철은 오토바이에 타고는 나한테도 타라고 손짓했다. 내 말을 듣기는 한 걸까? 오디션도, 조금 전에 사고 낸 오토바이에 타는 것도 내키지 않았다.

"내가 2시 20분까지 가 볼게. 나도 해 볼 테니까, 너도 해 보자."

라석철은 초롱초롱한 눈으로, 만화에서 나올 법한 대사를 뱉었다. 너무 해맑은 표정으로 나를 뚫어져라 쳐다보고 있어서, 거절하면 안 될 것 같았다. 잠깐 머뭇거리다가 안전 운전하겠다는 다짐을 받은 후에 오토바이에 탔다.

"야, 꽉 끌어안아."

라석철의 허리를 끌어안자, 요란한 소리를 내며 오토바이가 출발했다.

라석철은 수다스러운 녀석이었다. 오토바이에서 나는 소리와 바람 소리 때문에 시끄러운데도 하고 싶은 말을 계속 외쳤다. "과속은 배달 노동자들만의 문제야?"라든지 "대한민국은 청소년 노동자에게 너무 불친절해!"라면서 신문에나 나올 법한 말을 했다. 제발 라석철이 운전에만 좀 집중하길 바랐다. 여러 가지 소음에 시달리다 어느새 오디션장 앞에 도착했다.

나는 오토바이에서 내린 후 헬멧을 벗어 라석철에게 건넸다.

"야, 몸 진짜 괜찮은 거 맞지?"

라석철은 여전히 불안한 눈치였다.

"응, 괜찮다니까."

"나 뺑소니 아닌 거다?"

"알았어. 고맙다."

나는 대답하고 곧바로 오디션장을 향해 뛰었다. 그때 라석철이 외쳤다.

"오디션 꼭 붙어라!"

"뭐가 될지는 모르겠지만 너도 뭐라도 붙어라."

이렇게 읊조리면서 나는 계속 뛰었다.

9

오디션장은 생각보다 조용했다. 오디션장에는 내 또래 다섯 명과 그 옆에 스태프로 보이는 남자가 서 있었다. 나는 그 남자에게 달려갔다.

"안녕하세요, 오늘 오디션 보기로 한 이경수인데요……."

남자는 프린트를 훑어보며 말했다.

"3그룹인데, 조금 전에 3그룹은 끝났네."

"제가 오다가 교통사고를 당해서요……."

그러자 스태프가 코웃음을 쳤다.

"오디션 늦는 애들이 다 핑계 없이 늦는 줄 알아?"

"선생님, 저 서울에서 여기까지 왔어요……."

"나는 네 선생님 아니고. 그리고 나도 서울에서 왔어. 힘드니까 그만 가."

스태프는 단호했다. 오디션을 보지 않겠다고 생각했는데, 막상 오디션장에 와서 오디션을 보지 못한다니까 눈앞이 깜깜했다. 오디션도 보지 못하고 서울에 올라갈 수는 없었다. 갑자기 아까 먹은 청심환 기운이 올라오는 것 같았다. 어차피 밑져야 본 전이었다.

"선생님 이름이 뭐예요?"

"내 이름을 네가 알아서 뭐 하게."

"저, 오찬세 대표님이 보내서 온 거예요."

"누구……시라고?"

"빅찬스엔터테인먼트 오찬세 대표님이요."

아직 내 지갑에는 그 사기꾼 명함이 있었다. 일단 갖고 있으면 쓸데가 있지 않을까 했다. 카드 지갑에서 명함을 꺼내 관계자한테 보여 줬다.

"야, 엔터테인먼트가 한둘이야? 내가 대표 이름을 다 알아야 해?"

스태프는 다시 짜증을 냈지만 나는 담담하게 말했다.

"아셔야 할 텐데요. 그럼 감독님께 말씀드리세요. 오찬세 대표님이 보낸 오디션 참가자 서울로 그냥 돌려보냈다고요."

"뭐?"

"안녕히 계세요."

그러면서 돌아서서 가는 시늉을 했더니 스태프가 미끼를 물었다.

"야, 알았어! 여기서 기다렸다가 마지막에 들어가."

스태프는 민망했는지 저만치 떨어져서는 손부채질을 했다. 내 연기가 만족스러웠다.

잠시 후, 내 이름이 불렸다. 스태프는 강의실 같은 방으로 들어가라고 했다. 나는 어깨를 좌우로 움직여 긴장을 푼 후, 안내하는 곳으로 들어갔다.

방은 온통 하얀색이었다. 가운데에 앉은, 가장 높은 사람으로 보이는 여자는 뿔테 안경에 엘에이다저스 모자를 쓰고 있었다. 왼쪽에 정장 입은 남자는 나를 쳐다보지도 않고 핸드폰만 만지작거리고 있었다. 그리고 오른쪽에는 후드 티를 입은 남자가 있었는데, 가장 젊어 보였다.

"안녕하세요. 서울에서 온 열정 있는 연기자, 이경수입니다! 잘 부탁드립니다."

나는 크게 소리를 질렀다. 하지만 이내 방은 고요해졌다.

후드 티를 입은 남자가 말했다.

"장기 하나 보여 주세요."

"저, 대본 외워 왔는데……."

당황스러웠다. 딱 두 마디뿐인 대사였지만 엄청 열심히 연습해 왔는데.

"어차피 대사 하는 건 다 비슷비슷해. 딱 두 신 나오는데, 뭐."

엘에이다저스 모자를 쓴 여자가 귀찮다는 듯이 말했다. 뭔가 빨리 끝내고 싶은 기색이었다. 그럼 대사는 왜 공개한 걸까 싶었지만 마음을 다잡았다.

"네, 그럼 준비한 춤 보여 드리겠습니다. 폰으로 음악 잠깐

틀겠습니다."

"춤 말고 다른 거 없어요? 복싱했다면서. 복싱으로 뭐, 보여 줄 거 없나?"

"그럼…… 새도복싱 보여 드리겠습니다."

"그게 뭐예요?"

"상대 선수가 있다고 가정하고 복싱 동작을 하는 겁니다."

"그럼 짧게 해 보세요."

이제 할 일이 없을 줄 알았는데. 심호흡하면서 주먹을 꼭 쥔 채 뻗었다. 그리고 주먹을 피하는 척 몸을 두 번 틀었다. 수만 번도 넘게 연습했던 동작인데 오늘따라 몸이 가볍게 느껴졌다. 주먹도 더 빨라진 것 같았다. 시합 때 이 정도만 빨랐으면 좋았을 텐데. 그래도 휘두를 맛이 났다. '빠밤빠 빠밤빠 빰빠밤빠.' 마음속으로 노래가 흥얼거려졌다. 신이 나서 더 빠르게 휘둘렀다. 땀이 나기 시작했다. 딱 내가 좋아하는 순간이다. 〈고나 플라이 나우〉를 들으며 새도복싱으로 살짝 땀이 나는 순간, 이 순간에는 누구든지 때려눕힐 수 있을 것 같다.

"그만하라고 몇 번을 얘기하냐."

후드 티 입은 남자가 어깨를 잡았다. 너무 세게 휘두르고 있어서 잘못하면 남자를 칠 뻔했다. 어느새 옷은 땀으로 흠뻑 젖어 있었다. 생각보다 오래 하고 있었나 보다.

모자를 쓴 여자가 잔뜩 인상을 쓴 채 일어나 있었다.

"지금 뭐 하자는 거야."

나는 후드 티 입은 남자에게 끌려 나왔다.

10

오디션장을 나오면서 가만히 손을 바라봤다. 주먹을 쥐어 봤다. 웃음이 났다. 경주까지 와서 결국 한다는 게 새도복싱이라니.

핸드폰을 켜자 메시지 알림음이 연달아 울렸다. 그중에는 코치님이 보낸 것도 있었다.

—찬기한테 얘기 들었다. 쪽팔려 하지 말고 연습 나와라. 애들한테는 다시 복싱이 하고 싶어져서 소속사 나왔다고 해.

코치님한테 답장은 하지 않았다. 일단 서울에 가고 나서 보낼 거다.

터미널 가는 길을 찾으려고 구글 맵을 켜니 업데이트가 시작됐다. 이번에 업데이트한 구글 맵은 더 좋을까 아니면 더 나빠질까? 알 수 없었다. 업데이트가 끝나면, 다시 길을 가야겠다.

꺼지지 않는
빛을 따라

김민솔

덕성여자대학교 영어영문학 전공, 이야기와 함께 자라 왔다.

1

여름밤의 불청객은 그렇게 찾아왔다. 가방끈을 질끈 매고 흩날리는 머리가 엉킨 것도 모른 채. 나는 너무 많이 움직여 아려 오다 못해 감각을 잃어 가는 허벅지를 들어 돌계단을 올랐다. 서너 칸밖에 되지 않는데도 협곡을 오르듯 느릿느릿하게 걸었고, 구석에 핀 민들레꽃을 보며 잠시 한눈을 팔기도 했다. 돌계단 위 파란 대문 집에 사는 그 아이는 나를 보고 무슨 생각을 할까. 문을 두들기면서도 지금 이 자리에 있는 것이 스스로도 믿기지 않았다. 차가운 철문 소리가 외부인의 방문을 알리는 종소리처럼 온 동네에 울렸다. 나는 그 울림이 서울까지 닿아 내가 여기 있다는 것을 아빠가 알게 되진 않을까 걱정하며 몸을 움츠렸다.

파란 대문이 끼이익, 요란한 소리를 내며 열렸다. 나는 예희를 보자마자 넋을 잃었다. 긴 머리를 아무렇게나 뒤로 넘긴 그 아이는 놀란 기색은커녕 불안에 빠진 나를 무뚝뚝하게 바라보았다. 정적 사이로 예희가 입은 하얀 로브가 바람에 흔들렸다. 대충 입으면 너무 길어 바닥에 질질 끌리거나 너무 짧아 촌스러운 인상일 텐데, 예희가 걸친 로브는 딱 알맞은 높이에서 흔들렸다. 샤워 가운이나 의사 가운 같지도 않은, 적당히 얇고 우아한 모습으로. 누군가 도시 한복판에서 그대로 들어 옮겨 놓은 듯한 모습이었다. 만나면 무슨 이야기를 해야 할까. '안녕, 나 기억해? 성연이야. 오랜만이지? 잘 지냈니? 다름이 아니라……' 수없이 연습했던 인사치레는 그 아이 앞에 서자마자 사라졌다. 한참 동안 정적이 흘렀지만 예희는 침묵을 깰 생각이, 나는 먼저 말을 건넬 용기가 없었다. 문자를 주고받으면서도 직접 만나면 어색할 거란 예상은 했지만 이 정도일 줄이야. 너무나 찾고 싶었던 곳이지만, 이 상황이 얼마나 이상해 보이는지도 알고 있다. 7년 만에 만남이 이루어진 장소치고는 지극히 개인적인 공간이었다.

"누구니?"

예희의 어깨 너머로 들려오는 어른스러운 목소리에 나는 다시금 몸을 움츠렸다.

"내 친구야."

예희가 집 쪽으로 고개를 돌려 외친 대답은 나의 굽은 어깨를 토닥여 주었다. 이내 눈이 마주친 우리는 어색하게 미소를 지었고 나는 그제야 인사할 용기가 피어올랐지만, 예희가 한발 앞서 말했다.

"들어와."

나는 소매를 걷어 팔뚝 안쪽의 흉터를 예희에게 보여 주었다. 예희도 흉터를 보여 줄 줄 알았는데, 그냥 멀뚱멀뚱 쳐다보는 탓에 민망해지고 말았다. 분명 예희도 나와 같은 흉터가 있을 것이다. 얼핏 보면 볼펜으로 꾹 누른 자국이라고 착각할 만큼 작은 원 안에 알 수 없는 모양이 그려져 있는 흉터가. 문양이라고 하기에는 너무나 제멋대로였고 글자라고 하기에는 아무런 형체도 알아볼 수 없었다. 멀리서 보면 조금 큰 점처럼 보이기도 했지만, 가까이서 들여다보면 얽히고설킨 미로 같은 모양이 머리를 아프게 했다. 그 흉터는 계속해서 나를 향해 말을 걸어왔다. 무시하기에는 너무 잘 보이는 곳에 있었고, 아끼기에는 아무런 의미도 찾을 수 없었다. 하지만 나는 그것이 외계인들이 나를 찾기 위해 남겨 놓은 징표라고 믿고 있었다.

예희에게 "네 흉터도 보여 줘."라고 말하자, 예희는 뒤늦게 고개를 끄덕이더니 반소매를 올려 흉터를 보여 주었다. 어깨와 겨드랑이 사이 자리 잡은 흉터는 얼핏 보면 불주사 자국 같았고 잘 보이지 않는 위치에 있었다. 예희가 힐끗 뒤돌아 보이며 나에게 "보여?" 하고 물었다. 차마 눈을 들이밀어 가까이 바라보거나 손가락으로 더듬으며 나와 같은 문양인지 확인해 보지는 않았지만, 나는 고개를 끄덕였다.

"이 흉터가 그들이 우릴 다시 찾을 증거야."

긴 여정 끝에 목적지에 도착한 나는 흥분이 차올라 이곳에 온 이유를 마구잡이로 쏟아 냈다.

난 그들을 다시 만날 거야. 혹시 우리가 본 풍경을 기억해? 기록해 놓은 거라도 있어? 그곳을 찾아간다면 만날 수 있을지도 몰라.

숨이 찰 만큼 연달아 질문을 던졌지만 예희는 옅은 미소만 지을 뿐 그중 단 하나에도 답하지 않았다. 너무 옅어 보여 누가 봐도 억지스럽다고 말할 그런 미소였다. 하지만 나는 눈치 없게 같이 가지 않겠냐는 제안을 할 참이었다.

"너도 그들을 찾고 싶지 않아?"

"오는 데 피곤하지 않았어?"

나는 그제야 내가 어떤 모습인지 깨달았다. 저녁 바람에 한
껏 엉킨 머리와 한여름인데도 입었던 긴소매와 긴바지. 지친
탓에 흐릿해진 눈빛과 어쩌면 걷은 소매 너머로 멍 자국이 보
였을지도 모른다. 게다가 터질 것 같은 백팩까지. 걱정스레 힐
끗거리는 예희의 눈빛에 나는 교무실에 불려 온 학생처럼 다시
어깨를 굽혔다. 둘뿐이지만 환하게 웃고 있는 가족사진과 곳곳
에 엄마의 흔적이 있는 예희의 방은 나와 어울리지 않는 곳이었
다. 당황한 나머지 시선을 책상 아래로 잃어버린 나는 우물쭈
물했다. 아까와 같은 정적이 찾아왔다. 이번엔 대답할 용기조차
피어오르지 않았다.

"애들아, 과일 좀 먹을래?"

정적 사이로 예희의 엄마가 들어오자 우아하면서도 친근
한 느낌에 나는 그만 압도당하고 말았다. 밤늦게 찾아온 손님
에게도 과일을 건네는 친절한 어른. 살면서 몇 번 보지 못한 유
의 사람이었다. 어깨에 닿을락 말락 하는 중단발은 단정하면서
도 눈부시게 찰랑였고, 말투는 다정하면서도 말꼬리가 내려가
왠지 무서운 인상을 주었다. 누구라도 그를 보면 한눈에 단단
한 사람임을 알아차릴 것이다.

그가 들고 온 원목 쟁반 위 그릇에 가지런히 놓인 배는 누
가 보아도 탐스러울 만큼 잘 익어 있었다. 나는 배고프고 또 목

이 말랐지만 차마 마음처럼 손을 뻗어 배를 삼키지 못했다. 만약 내가 다른 성격이라면, 호탕하고 붙임성 있는 성격이라면, 바로 배를 집어삼키고 사람 좋은 목소리로 너무 맛있다고 말했을까? 아니면 마침 배가 고팠는데 잘됐다며 속마음을 터놓고 허리를 숙였을까. 하지만 나는 '고맙습니다.'라는 말도 잘 못 하는 숙맥이었다. 얼어붙은 고개를 어정쩡하게 내려 감사하다는 표시밖에 하지 못했다. 예희의 엄마가 시선을 어디에 둘지 모르는 나를 바라보았다. 그는 기억할까? 어리디어렸던 여덟 살의 나를 말이다. 지금보다는 조금 작고 또렷한 눈에, 어쩌면 웅크려지지 않은 어깨를 가졌던 나를. 하지만 7년 전 딸을 잃어버려 혼비백산했던 그가 같이 없어졌던 나까지 기억한다는 것은 불가능하다고 생각했다. 그리고 어쩌면 기억한다 해도 그리 반갑지는 않을 거라고. 예희 엄마가 눈을 거두지 않자 나는 조금씩 불안해졌다. 예희는 친구의 갑작스러운 방문을 뭐라고 설명했을까.

"시간이 많이 늦었네."

시계를 바라보던 예희의 엄마가 말했다. '10'을 막 넘은 시곗바늘은 나의 심장을 쿡쿡 찌르고 있었다. 어느새 나는 너무 늦은 시간에 찾아왔다는 죄책감에 휩싸였다. 고개를 푹 숙인 채 죄송하다고 말해야 하는지, 아니면 이제라도 내 이름을 이야기해야 하는지 알 수 없었다.

하지만 예희 엄마는 "오늘 우리 집에서 자고 갈 거니?"라고 물으며 대답을 듣기도 전에 옷장을 열어 이불을 꺼내기 시작했다. 바닥에 놓인 이불을 멍하니 바라보던 나는 그가 자신의 딸에게 "바닥에서 잘래?" 하고 물어보고 나서야 정신을 차렸다. 그의 모든 물음에는 대답을 기대하지 않는 다정함이 서려 있었기 때문이다. 나는 예희 엄마에게 손사래를 치며 바닥에서 자겠다고 말했다. 푹신한 침대 위에서는 정말이지 잠이 오지 않을 것 같았기 때문이다. 한바탕 실랑이가 끝나고 나서야 예희 엄마가 고개를 끄덕이며 말했다.

"혹시 불편하면 부엌 옆 작은방을 빌려줄게."

나는 또다시 얼어붙었다. 작은방을 빌려준다는 것은 나를 계속 집에 머물 수 있게 해 준다는 의미일까? 나는 내일도 모레도, 어쩌면 일주일 후에도 이곳에 머물 수 있을까? 고민에 빠진 나에게 예희가 어깨에 손을 올리며 말했다.

"지쳐 보여. 오늘은 그만 자. 일기장은 내일 보여 줄게."

그렇게 나는 바스락거리며 흰 이불에 누웠다. 갑작스러운 환대가 당황스러우면서도 지친 몸은 오래간만에 느낀 포근함에 금방 긴장을 풀었다. 하지만 나는 누군가가 나를 쫓아오고 있을 수도 있다는 불안감에 깜깜한 밤하늘에도 쉽게 잠들 수 없었다. 그것이 예희의 집에서 묵은 첫날 밤이었다.

2

　그 아이를 찾아간 건 단순한 우연이었다. 나는 우연히 그 아이가 티브이에 나오는 것을 보았고 우연히 납치당한 그날을 생각했다. 아침 방송에 '외계인에게 납치되었다고 믿는 소녀'로 나와 조롱거리를 자처한 예희는 비웃음에 대한 아무런 두려움 없이 인터뷰했다. 목소리에는 확신이 가득했고 뿌연 모자이크 아래서도 두 눈은 초롱초롱하게 빛났다. 나는 단 한 번의 망설임 없이 확신했다. 저 아이가 예희라고. 7년 만에 만난 그에게 눈을 뗄 수 없었지만, 그날 아침 아빠는 유독 신경질을 부렸고 나는 아빠와 단 1초도 집에 더 머물기 싫었다. 급하게 가방을 챙겨 나오면서도 예희의 모습에서 눈을 뗄 수 없었다. 그의 인터뷰가 끝나자 옆에는 예희 엄마가 나와 "얘가 왜 이러는지 모르겠어요⋯⋯."라며 딸에 대한 불신을 자랑했다. 엄마가 어깨에 손을 올리자 위풍당당했던 예희는 어느새 풀이 죽어, 엄마 품에 안긴 꼴임에도 불구하고 어딘가 슬퍼 보였다. 나는 내가 안길 수 없는 곳, 엄마 품에서 풀이 죽은 예희의 마음이 궁금했다. 나는 등굣길에 이런 생각을 했다. 그 아이를 찾아가야겠다. 그날은 방학식이었고, 그 아이를 만난 지 딱 7년이 됐을 것이다. 예희를 만난 건 여덟 살, 인생의 첫 방학식이었다. 어쩌면 예희가 딱 그날 티브이에 나온 건 나를 부르는 무언의 목소리일지도 모른다. 나를 향한 그들의 목소리. 그렇게 예희는 7년 내내 생각뿐이었던 계획에 방아쇠를 당겼다.

사실 우리 사이에 특별한 공통점은 없었다. 그저 우린 여덟 살이었고, 여자아이였으며, 같은 곳에 있었다. 누구도 우리가 함께 납치당한 이유를 알 수 없었다. 애초에 납치당했다는 우리 말을 믿지도 않았지만.

우리는 놀이터에 앉아서 모래놀이를 하고 있었고, 그날 처음 통성명을 했다. 우리는 수많은 아이들로 둘러싸여 있었다. 아이는 그들의 부모로, 부모는 놀이터 밖의 자가용으로, 자가용은 빼곡한 창문의 아파트 단지로, 단지는 고층빌딩으로 둘러싸여 있었다. 나는 그 모습을 보면서 이 세상은 무엇으로 둘러싸여 있을지, 누가 이 세상을 안고 있을지, 내가 어디까지 볼 수 있을지 궁금했다. 고층빌딩이 아니라 산으로 둘러싸인 풍경이 있다는 것은 그들이 나를 그곳으로 데려가고 나서야 알게 되었다.

예희가 목걸이에 달린 자신의 폴더폰을 자랑하고 있을 때였다. '뚜, 뚜, 뚜' 하고 무의미한 숫자를 누르면서 그가 나에게

"재밌지?" 하고 물음과 동시에 커다란 빛이 우리를 비추었다. '너만 누르고 있는데 뭐가 재밌다는 거니.' 하고 생각할 때쯤이었다. 빛에 비친 피부는 홀로그램 색으로 변했고 몸은 날아올랐다. 주위는 어느새 어두워졌고, 사람들은 우리에게 눈길조차 주지 않았다. 호기심 어린 눈으로 주위를 둘러보자, 겁에 질려 울기 직전인 예희가 보였다. 그의 목 주위에 폴더폰이 떠다니며 목걸이를 놀리다 이내 그것을 끊어 버리고는 사라졌다.

언젠가 예희가 말했다. 외계인과 우주선에 관한 이야기는 들어 본 적도, 별 관심도 없었다고. 내가 어느 왕국의 공주 이야기를 허구로 생각했던 것처럼, 진짜일 거란 생각도 안 해 봤고 현실이 되기를 바라지도 않았던 것이다.

그렇게 올라간 우주선의 외계인들은 상상과 너무 달랐다. 티브이에서 본 것처럼 큰 눈에 가느다란 팔다리를 가지고 있을 줄 알았는데. 아니면 최소한 달팽이 같은 매끈한 피부에 더듬이라도 가지고 있을 것이지, 그들은 너무나 사람 같았다. 다만 다른 것은 조금 움푹 파인 눈에 커다란 코, 한마디로 조금 외국인 같았다. 외국인치고도 덩치가 큰. 그들은 너무 커서 우리가 그들의 얼굴을 보려면 마치 거대한 메타세쿼이아를 바라보듯 고개를 쭉 내밀어 뒤로 젖혀야 했다. 은빛이 나는 무언가를 얼굴에 칠하고 있었던 거 같기도 한데. 내 얼굴이 금방 울어 버릴 것 같은 예회의 얼굴처럼 변했던 것이, 조금은 촌스러운 그러니까 2000년대` 초, B급 SF영화에 나올 것 같은 그들의 모습에 실망해서인지 겁에 질려서인지는 아직도 기억나지 않는다. 하지만 무심코 바라본 예회의 얼굴은 예상과 다르게 금방 안정을 찾았다. 어쩌면 그 애는 무시무시하게 생길 줄 알았던 외계인이 기대와 달리 사람처럼 생겼던 것이 오히려 안심됐던 것 같다.

우리는 수면 마취를 당한 것처럼 스르륵 잠이 들었고 안개처럼 희미한 짧은 장면들만 뜨문뜨문 기억날 뿐이었다. 그것들은 흔히 우주선 납치라고 하면 생각할 법한 잔인한 장면이 아니라, 공을 가지고 놀던 기억, 까르륵 웃던 기억, 외계인과 하이 파이브를 하는 이상할 만치 행복한 기억이었다. 누가 봐도 행복해 보여 새하얗게 떠오르는 그런 기억 말이다. 어쩌면 우리를 되돌려 보냈을 때 그들은 영화 〈맨 인 블랙〉의 기억을 지우는 '뉴럴라이저' 같은 도구를 사용한 것일지도 모른다. 작동한 사이에 운이 나쁘게 내가 눈을 깜빡거렸거나, 내 기억력이 특출나게 좋아 기억이 덜 지워진 건지도 모르겠다.

다만 한 가지, 뚜렷하게 기억나는 것이 있는데 그것은 한 시골의 풍경이었다. '맴맴' 주위를 가득 채운 매미 소리와 절벽 끝에 서서 바람을 맞고 있는 나. 또 다른 절벽 너머에 반딧불인지, 가로등인지, 아니면 별빛인지 모를 유난히 밝은 빛 하나.

귓가엔 다시금 들려오는 '맴맴', '졸졸' 그리고 다시 '맴맴', '졸졸'. 흐르는 물소리에 문득 내려다본 발아래에는 아무것도 없었다. 다만 칠흑 같은 어둠뿐.

방학식이 끝나고 집에 온 나는 온 방을 뒤져 여덟 살 때 쓰던 빛바랜 수첩을 찾았다. 출신을 알 수 없는 분홍 햄스터가 그려진 수첩 안에는 오래전에 붙인, 예희의 삐뚤삐뚤한 숫자가 쓰인 종이가 그대로 있었다. 예희가 경찰서에서 엄마의 손에 붙잡혀 끌려 나가면서도 힘껏 손을 뻗어 준 것이었다. 예희가 눈물을 닦은 손으로 꼬깃꼬깃 접어 주었기 때문에 아직도 마지막 숫자 '5'는 끝이 조금 번져 있었다. 7년이라는 세월이 흘렀다. 예희가 같은 번호를 가지고 있을지 확신할 수 없었다. '예희'라고 저장했지만, 낯선 사람일 수도 있는 이에게 문자로 인사를 건넸다. 심장이 쿵쾅거리는 소리가 가슴을 타고 머리까지 울리는 것 같았다. 이제 기다림의 시간이었다. 핸드폰을 내려놓은 나는 초조한 기분과 시계침 소리, 그에 맞춰 흐르는 식은땀에 어찌할 줄을 몰랐다. 결국 답장이 오기도 전에 대뜸 '나, 너네 집에 가도 돼?' 하고 물었다. 그 문자를 보내자마자 예희로 변한 낯선 이는 '성연이구나! 언제 올래?'라며 주소를 보내주었다. 마치 기다렸다는 듯이.

3

'깎아지른 절벽으로 향하는 좁은 길. 그 너머의 산인지 절벽인지 모를 시야를 가로막은 풍경…….' 나는 아침부터 예희의 일기장을 손으로 훑으며 문장을 찾고 있었다. 내 기억과 동일한 문장을. 예희는 그때의 기억이 떠오를 때마다 일기장에 적어 두었다고 했다. 사실 그것은 날이 갈수록 의미 없는 일이었다. 기억은 항상 같은 모습이었고 날이 갈수록 희미해졌다. 그래서 예희는 그것을 열두 살이 되던 해 그만두었다. 예희가 어린 시절 쓴 일기는 '기억 일지', '비밀의 추억', '외계 일기' 같은 흥미로운 제목으로 시작했지만, 금방 막을 내렸고 그 뒤로는 뻔하디 뻔한 사춘기 소녀의 기억으로 채워져 있었다.

나는 표지에 그려진 알 수 없는 분홍 인형을 엄지로 쓰다듬으며 예희의 시선을 느꼈다. '외계 일기'면 초록색이나 우주 배경의 표지였으면 더 멋졌을 텐데. 예희가 쓴 일기의 대부분은 외계인과 같이 놀았던 기억이나 납치당했을 때 자신이 얼마나 무서웠는지 쓰여 있었기 때문에 절벽에 관한 내용을 찾는 데 시간이 조금 걸렸다. 나도 누군가에게 치부와도 같은 일기장을 보여 주는 건 쉬운 일이 아닌 걸 알고 있었다. 그래서 예희에게 고마운 마음을 가지려 노력하며, 다른 내용에는 전혀 관심 없다는 듯이 행동했다. 사실 그것은 매우 힘든 일이었다. 예희는 내가 앉은 의자에 어깨동무를 하고 나를 내려다보고 있었다. 예희의 긴 머리카락이 자꾸만 시야에 걸렸다.

—절벽 아래에는 계곡과 부추밭이 보였다.

"부추밭?"

나는 '부추밭'이란 단어가 나오자마자 손가락을 멈추고 고개를 들어 예희를 바라보았다. 예희는 오히려 의문을 띤 표정으로 다시 나를 바라보았다.

"응, 부추밭이 있었잖아."

전혀 기억나지 않았다. 밑을 내려다봤을 땐, 칠흑 같은 어둠과 금방 나를 빨아들일 것 같은 중력밖에 없었는데. 게다가 부추밭이라니. 부추밭을 살면서 본 적이 있던가? 도대체 부추밭이 어떻게 생겼지? 푸른색에 길쭉한 형태가 모여 있다면 보통 잔디밭이라고 생각하지 않나?

"왜 부추밭이라고 생각했어?"

"부추밭이니까?"

눈이 마주친 예희와 나 사이에는 또다시 정적이 흘렀다. 그 먼 높이에서 부추인지 잔디인지 확인할 수 있단 말인가? 게다가 나는 아무것도 보이지 않았는데 예희는 어떻게 부추밭을 보았을까? 부추 특유의 향이라도 맡았던 걸까? 하지만 부추

전을 먹었을 때 기억을 떠올려도 딱히 특이한 향은 생각나지 않았다. 그렇다면 예희는 낮에 그 풍경을 보기라도 한 걸까? 나는 수많은 물음이 떠올랐지만, 차마 일기장까지 보여 준 예희에게 취조에 가까운 질문 세례를 할 수는 없었다. 이런 내 생각을 읽기라도 한 것인지 예희가 먼저 말했다.

"왠지 모르겠지만, 그날부터 쭉 부추밭이라고 기억해."

그래, 그렇구나. 아무튼 부추밭에 대한 기억이 다르긴 하지만 상당한 부분에서 우리의 기억은 맞아떨어졌다. 절벽으로 향하는 좁은 길이 있었고, 산인지 또 다른 절벽인지 모를 무언가를 마주하고 있었다. 그리고 밑에는 물이 흘렀다. 나는 문득 우리가 같이 있었을까, 궁금해졌다.

"거기 꽤 높지 않았어?"

예희는 내 말을 듣고는 잘 모르겠다는 듯이 고개를 갸우뚱거렸다.

"그랬나?"

"바람도 좀 세게 불고."

예희가 무언가 곰곰이 생각하는 듯 인상을 찌푸렸고, 나는 내가 하는 모든 말이 예희의 공감을 얻지 못하고 있다는 것을 깨달았다. 예희가 입을 열었다.

"사실 잘 기억이 안 나."

"나는 좀 무서웠거든."

예희가 뒷머리를 긁적거리며 마지못해 말했다.

"근데 그건 좀 기억해. 매미 소리."

아, 예희도 기억하고 있구나. 머릿속에 '맴맴맴'이라는 글자가 채워지다 못해 넘쳐흐를 것 같은 그 느낌. 매미 소리가 세상을 가득 채우다 못해 머리와 심장까지 들어와 나를 괴롭혔던 그 느낌은 잊으려 해도 잊히지 않아 매 여름밤마다 나를 괴롭혔다. 예희는 팔짱을 끼고 한참 동안 움직이지 않았다. 그러고는 입을 벌린 채 잠시 망설이더니 말했다.

"나는 안 무서웠어. 사실 절벽인지도 잘 모르겠더라고."

나 매미 소리	예희 매미 소리
흐르는 물소리	계곡, 부추밭
절벽 너머의 밝은 빛	시야를 막은 무언가
절벽 뒤로 이어진 외딴길	깎아지른 절벽으로 향하는 좁은 길
공통점: 절벽, 외딴길, 매미 소리, 계곡	

나는 메모장에 예희의 기억과 나의 기억 그리고 공통점을 정리해 적어 놓았다. 그리고 외우기 쉽게 문장으로 만들어 보기도 했다.

'깎아지른 절벽과 이어진 외딴길. 무언가 가로막은 풍경. 그 아래에는 계곡이 흐른다.'

예회에게 없는 기억과 나에게 없는 예회의 기억까지 합하면 이렇게 된다.

'깎아지른 절벽과 이어진 좁고 외로운 길. 산인지 절벽인지 모를 풍경 너머 밝은 빛이 빛나는 곳에는 부추밭과 계곡이 펼쳐져 있다.'

매미 소리는 날과 계절에 따라 바뀌기 때문에 증거가 될 수 있을까 싶어 문장에 넣지 않았다. 하지만 자꾸만 그 기억을 떠올리면 가장 먼저 매미 소리가 생각나는 것을 어쩔 수 없었다.

이제 가장 먼저 해야 할 일은 우리의 기억과 같은 장소를 찾는 것이었다. 그러려면 검색해야 했다. 나의 스마트폰은 집을 나선 순간부터 잠들어 있었다. 가출하기 전, 인터넷 속 유식한 누군가는 스마트폰을 켜 둔다면 경찰에게 위치 추적을 당할 수도 있다고 말했다.

"혹시 컴퓨터 좀 써도 돼?"

"컴퓨터? 없는데?"

예회의 말에 나는 부추밭 이야기를 들었던 것처럼 놀라 그 애를 쳐다봤고 예회도 같이 놀라 나를 쳐다봤다.

"그러면 핸드폰 좀 빌려줄래?"

"당연하지."

예희는 기다렸다는 듯 청반바지에서 핸드폰을 꺼내 보여 주었지만, 나는 순간 7년 전으로 돌아간 것만 같았다. 꽤 많은 세월이 지났는데 예희의 집만은 세월이 흐르지 않은 것일까? 그것은 예희를 처음 본 날과 별 차이 없는 폴더폰이었다.

"어……."

나는 당황한 탓에 핸드폰을 건네받으려던 손을 그대로 떨어뜨렸다.

"검색 좀 하려고."

"그럼 진작 말을 하지."

예희가 나를 이상하다는 듯이 쳐다봤다. 마치 내가 무슨 서울깍쟁이라도 되는 것처럼. 하는 짓은 예희가 더 깍쟁이 같았는데 말이다. 예희는 검색하려면 피시방에 가야 한다고, 가는 데 30분 정도 걸린다고 했다. 30분? 검색 하나 하는데? 나는 어두워진 표정을 숨기려 애썼다.

예희는 길을 알려 줘도 모를 거라며 동네를 구경시켜 줄 겸 같이 가 주겠다고 말했다. 피시방에 가는 길은, 예희네 집에서 시멘트 길을 지나 오른쪽에 공장을 끼고 돌면 나오는 밭을 지나면 나오는 작은 버스 정류장에서 버스를 타고 30분여를 달려 읍

내로 가는 것이었다. 예희의 말대로 버스를 타는 시간은 30분이 채 되지 않았는데, 문제는 버스가 한 시간에 한 번씩 오는 것이었다. 나는 예희와 그의 엄마가 시골이라도 웬만한 곳들은 관광지나 공장 지대가 되는 마당에 이런 곳을 어떻게 찾아냈는지 궁금해졌다.

나는 걸음이 늦은 편이었던 탓에 예희는 툭하면 앞서 걸었고, 나는 또 휘날리는 흰 로브가 그의 어깨를 감싸는 걸 가만히 바라보았다. 예희의 로브와 벼가 자란 들판이 자꾸만 시선을 빼앗았다.

예희는 내가 잡념에 빠져 뒤처질 때마다 멈춰서 나를 기다려 주었고 그 때문에 나는 더 불편해졌다.

"이 길을 따라가다 보면 금방 정류장이 나와."

나는 고개를 끄덕인 후에 시멘트 길옆으로 펼쳐진, 쪽파인지 모를 식물로 시선을 옮겼다. 이것도 위에서 보면 언뜻 부추밭으로 보이지 않았을까. 둘 다 파랗고 길쭉한데 보기에 무슨 차이란 말인가. 또 뒤처진 나를 눈치챈 예희가 뒤를 돌아보며 조용히 말했다.

"그건 양파야."

'아, 그렇구나.'

나는 궁금했다는 듯이 고개를 끄덕이며 걸음을 재촉했다.

*

    내가 지도를 바쁘게 클릭할 때 예희는 할 일 없이 초등학교 때 유행하던 게임을 했다. 그는 정말 오랜만에 해 본다며 로그인하는 데 애를 먹었지만, 다섯 번의 시도 끝에 아슬아슬하게 물풍선이 살인 도구인 세상에 들어갈 수 있었다. 물풍선이 터지는 소리를 들으며 나는 올라갈 수 있는 절벽이 있는 곳을 검색했다. 문제는 너무 많다는 것이었다. 절벽끼리 마주 보거나 산과 절벽이 함께 있을 확률은 100퍼센트였고 계곡이 같이 있는 곳만 해도 수십 개, 수백 곳이었다. 나는 절망에 빠졌다. 이러다가는 정말 부추밭이 있었다는 말을 믿어야 할 판이었다. 그래도 부추밭과 계곡 그리고 절벽이 같이 있는 곳을 찾으면 얼마 안 되지 않을까?

    옆에서 '당신은 졌습니다.' 하는 낮고 약 오르는 목소리가 영어로 울려 퍼지자 예희는 힘없이 어깨를 축 늘어뜨리더니 내 쪽으로 고개를 쭉 내밀어 화면을 바라보았다.

    "잘돼 가?"

    나는 고개를 젓는 대신 '부추 농장'을 검색한 화면을 보여 주었다. 다행히 절벽보다는 많지 않았다. 다만 대한민국 전국 팔도 여기저기에 흩어져 있을 뿐. 나는 지도를 프린트하기 위해 주머니 속 동전을 짤랑거리며 카운터로 향했다.

자리로 돌아오자 예희가 "나도 검색해 볼게." 하며 키보드를 두드렸다. 게임이 영 재미없었던 모양이었다. 그 애는 같이 떠날 생각이라도 있는 것처럼 열정적인 눈빛으로 키보드를 두드렸다. 예희도 그들이 보고 싶을까. 그들을 찾고 싶지 않았냐는 물음에 그는 아직 대답하지 않았다.

나는 예희의 말을 따라 지도에 점을 그리면서도 몇 번이나 머뭇거렸다. 부추밭이 진짜인지도 모르는데 절벽이 있는 곳을 추리는 게 먼저 아닌가? 하지만 아까 말했던 것처럼 계곡과 절벽이 있는 곳을 다 표시한다면 지도가 까맣게 변할지도 몰랐다. 나는 수첩에 주소를 써 내려가며 이곳에서 가장 가까운 곳부터 하나둘씩 번호를 매겼다. 다행히 전보다 수가 줄어 여섯 곳밖에 되지 않았다. 문제는 지도 최북단부터 최남단까지, 상하좌우로 알록달록해, 전국 횡단을 하게 생겼다는 것이다.

*

버스 정류장은 읍내 한가운데 있으면서도 발길이 적었다. 체인점이 뜨문뜨문 있는 동네 한가운데서도 조용한 소음과 태양이 익어 가는 소리만 가득할 뿐이었다. 나는 가만히 앉아서 예희와 어색한 시간을 만끽했다. 굽은 어깨로 벤치에 앉아 멍하니 있는 나와 다르게 예희는 발을 쭉 내밀고는 자세를 흩뜨려 편한 모습이었다. 예희의 흰색 조리에 반사된 햇빛이 내 눈가를 쿡쿡 찔렀다. 눈을 돌리자 정류장 위로 설치한 지 얼마 안 된 것 같은 전광판이 다음 버스까지 25분 남았다며 깜빡였다. 어딜 가기에도 가만히 기다리기에도 애매한 시간이었다. 예희도 같은 생각이었는지 나에게 말을 걸었다.

"아직 그 동네 살아?"

"응."

"거기 놀이터도 그대로야?"

나는 몇 번이나 갔던 놀이터의 모습을 떠올렸다. 이제는 모래밭 대신 타이어가 깔린 바닥과 나무 대신 철로 된 차갑고 파란 둥근 시소. 그리고 그 앞에 앉아 그들을 기다리던 나를. 언젠가는 저녁에 펑펑 울면서, 지나가는 사람이 나를 보지 못하길 바라면서도 한편으로는 내가 우는 걸 알아주길 바라면서 말이다. 누군가가 나를 향해 다가와서 위로해 줄 리도 없는데 그런 터무니없는 상상을 자주 했다.

"사실 많이 바뀌었어."

"아, 아쉽다."

대화가 끊기기 전 나는 고백하듯이 말했다.

"너 방송에 나온 거 봤어."

7년 만에 덜컥 집으로 찾아온 것에 대한 해명이었지만, 예희는 전혀 신경 쓰지 않는다는 듯이 웃음을 터뜨렸다.

"아, 민망하다. 그걸 네가 볼 줄이야."

예희는 오랜 친구에게 비밀을 들킨 것처럼 계속 웃음을 터뜨렸다. 하지만 더 이상했던 것은 예희가 아무것도 묻지 않고 덥석 자기 집 주소를 주었던 것이다. 마치 기다렸다는 듯이.

내가 머뭇거리다 물었다.

"너는 그들을 찾고 싶었던 적 없어?"

예희는 머리를 긁적거리며 한참 동안 아무 말 하지 않았다. 순간 조용해진 탓에 나는 괜히 물었다고 후회했다.

"이제 그만 잊어버리려고."

우리가 돌아왔을 때 아무도 우리가 하는 말을 믿지 않았다. 하늘에서 뚝 떨어진 것처럼 실종됐던 장소로 돌아온 두 아이는 같은 말을 했지만, 경찰과 부모 중 그 누구도 믿을 생각이 없었다. 아무리 생각해도 외계인에게 납치당했다는 여덟 살짜리 아이들의 주장은 아무런 신빙성이 없나? 심지어 그 내용이 같다고 해도?

"엄마한테 말했어, 그 방송만 나가면 더 이상 얘기 안 하겠다고."

경찰서에서 예희는 무슨 일을 겪었는지 서툰 발음으로 쉴 틈 없이 말했지만 예희의 부모님은 계속해서 예희를 타이르며 사실대로 말해 보라고 했다. 하지만 예희가 자꾸만 같은 말을 한 탓에 예희의 엄마는 눈물을 터뜨렸고, 아빠는 한숨을 쉬며 얼굴을 쓸어내렸다. 소매를 걷으며 흉터를 보여 주는 예희를 보고 나도 함께 우리를 믿어 달라고 말하고 싶었지만 나를 매섭게 바라보는 아빠가 무서워 그러지 못했다. 결국 예희는 부모님이 자기 말을 믿지 않는다는 사실에 충격받아 더 이상 아무 말도 하지 않았다.

"이젠 누군가 거짓말이라고 해도 상관없어……. 아무것도 아닌 기억이야, 나한텐."

나도 그날 이후로 외계인에 대해 아무에게도 말하지 않았다. 말할 수 없었다. 하지만 예희는 그 흉터를 달고도 사람들이 거짓말이라고 해도 정말 상관없을까? 아무것도 아닌 기억이란 무엇일까? 내게 그 추억은 너무 커서 한평생 나를 따라왔다. 그것은 나에게 탈출구였으며 보험이었다. 인생의 끝에 서 있을 때 무언가 찾아 나설 수 있다는 보험. 좇을 수 있는 무언가가 있다면 삶에 대한 의지를 잃을 일은 없었다. 누군가가 집어 던진 가구에 폐허가 된 집 한가운데 서 있어도.

"흉터가 말해 주잖아."

위로가 무색하게 또다시 어색한 침묵이 맴돌았다. 얼굴을 찌푸리며 억지로 웃는 예희의 표정은 은근히 나를 약 올렸다. 대화가 끊기자 예희가 폴더폰을 만지작거렸다. 입으로 '가, 고…… 있, 어…….'라고 중얼거린 걸 보면 엄마에게 문자를 보내는 것 같았다. 나는 아무것도 아닌 기억에 대해 평생 알 수 없을 것이다. 할 말을 찾던 나는 주위에 계곡이 있냐고 물었다. 예희는 어디에 있는지 가는 길에 설명해 주겠다 했고 나는 계곡뿐이라도 일단 가까운 곳부터 찾아 나서야겠다고 생각했다. 버스를 타고 가는 도중에 예희가 나에게 말했다.

"그래도 네가 꼭 찾을 거라고 믿어."

4

집에 도착하자 어느새 해가 뉘엿뉘엿 지고 있었다. 조금 늦잠을 자고, 일기장을 살펴보고, 읍내에 갔다 온 것뿐인데 어느새 하루가 다 지난 것 같아 조금 억울한 기분이 들었다. 오전에 일이 있어 일찍 나갔던 예희 엄마는 먼저 집에 와 있었다. 평소 노트북으로 의류 쇼핑몰과 지역 농산물 판매 사이트를 관리하는 그는 특별한 일이 있지 않은 이상 집에서 잘 나가지 않았다. 예희는 우스갯소리로 그게 엄마 직업의 장점이자 단점이라고 했다. 예희 엄마는 우리를 반갑게 맞이하며 평상 위를 두드렸다. 대문을 열면 자그마한 마당에 자그마한 평상이 있던 예희네는 여름이 되면 거실을 마당으로 옮겼다. 집 거실에는 커다란 창이 있었는데, 베란다 창처럼 바닥부터 천장까지 이어진 큰 창이었다. 그들은 여름만 되면 그 창을 활짝 열어 놓고 평상에 누워 거실에 있는 티브이를 보다가 밤하늘 아래서 잠들고는 했다. 모기가 있으면 모기장을 치고, 모기가 집 안까지 들어온다면 모기향을 피우면 그만이었다. 덕분에 예희와 예희의 엄마 몸에서는 여름 내내 모기향 냄새가 났다. 예희가 신발을 내팽개치고 신나게 평상 위로 뛰어오르자 나는 조심스레 신발을 벗어 놓았다.

"성연아, 이것 좀 잡아 줘."

예희 엄마의 말에 나는 수박 한쪽을 잡았다. 그는 능숙하게 중간까지 칼을 쑤셔 넣다가 반 정도가 잘리자 칼을 빼 그것을 손으로 갈랐다. 쩍 하고 수박이 갈라지고도 나는 어정쩡하게 수박에 댄 손을 떼지 않았다. 달랑거리며 시멘트 바닥에 닿은 발가락과 앉아 있는 나무 평상 그리고 손댄 수박은 모두 같은 온도였다. 분명 한낮에는 데일 만큼 뜨거웠을 시멘트 바닥도 어느새 여름밤의 한기를 내뿜고 있었다. 예희 엄마가 고르게 잘라

놓은 수박을 내 손에 쥐여 주고 나서야 나는 나머지 한쪽 손을 수박에서 뗄 수 있었다. 수박은 아삭거렸고 또 놀라울 만큼 달았다. 과즙이 흘러넘치는 탓에 자꾸만 손등으로 입가를 훔쳐야 했다.

예희가 밝은 목소리로 엄마에게 오늘 있었던 일을 재잘재잘 말했다. 버스를 타고 피시방에 갔고 돌아오는 길에 30분을 또 기다렸다는 의미 없는 이야기였다. 그리고 예희는 "아!" 하고 손뼉을 치더니 말했다.

"성연이가 내 폴더폰 보고 엄청나게 놀라더라."

쏟아지는 두 눈빛에 나는 멋쩍게 웃었다.

"역시 다른 애들은 다 스마트폰 쓰나 봐."

예희는 자기가 말하고도 한참이나 뜸을 들였다.

"나도 한번 써 보면……."

예희의 말이 끝나기도 전에 예희 엄마가 크게 숨을 들이마시고 한숨을 쉬어 말을 끊었다. 덕분에 나도 괜히 눈치가 보여 바쁘게 수박을 씹던 턱을 멈추었다. 어색한 분위기 가운데 아삭거리는 소리만 들려왔다.

"생각해 볼게."

풀이 죽어 시선을 땅바닥에 처박고 있던 예희가 엄마의 말을 듣더니 기쁜 얼굴로 고개를 벌떡 들었다. 예희가 신난 웃음을 터뜨리기도 전에 잠깐 눈이 동그래지더니 말했다.

"어, 반딧불이다!"

내 머리 너머를 가리키는 예희의 손에 나도 바쁘게 뒤를 돌았다. 어느새 어두워진 밤하늘에 번진 노란 가로등 빛, 그 위를 다시 샛노란 반딧불이들이 수놓고 있었다. 반딧불이를 이렇게 가까이 그리고 많이 본 건 처음인 것 같았다. 그들은 바삐 날아다니며 스스로 용접공이 돼 무언가 만들고 있는 듯하기도 했고 무언가와 싸우고 있는 것 같기도 했다. 그리고 그 수가 더 많다면 자신들을 도와달라고 말할 것 같기도 했다. 왜 동화나 영화 속 인물들이 그들에게 홀려 깊고 어두운 숲속을 걸어가는지 알 것 같았다.

나는 반딧불이를 더 편하게 보기 위해 가로등을 등진 모양에서 옆으로 몸을 고쳐 앉았다. 예희는 언제 다퉜냐는 듯 엄마의 어깨에 고개를 기대고 있었고, 나는 그 둘을 보고 있을 수밖에 없었다. 아니, 나는 보고도 못 본 척했다. 그저 무릎을 끌어안고 반딧불이들이 나를 조금은 위로해 주고 있다는 착각을 했다. 예희를 사랑스럽게 바라보던 예희 엄마는 잠시 가로등을 바라보더니 나의 어깨를 쓰다듬어 주었다. 마치 신나게 날아다니던 반딧불이 중 하나같이. 나는 조금은 놀라 어색하게 웃어 보였고 예희의 엄마는 나를 자신의 곁으로 가까이 껴안았다.

그의 옆구리에 끼이게 된 나는 어깨를 움츠렸고, 담이 올 것도 같았다. 하지만 어째서인지 조금은 편하고 포근하기도 했다. 어느새 아삭거리는 수박 소리 대신 조금씩 속삭이는 귀뚜라미 소리밖에 들리지 않았다. 우리는 반딧불과 가로등 불빛 그리고 밤하늘의 별빛 아래서 조금씩 몰려오는 여유와 졸음을 만끽했다. 조심스레 왔다 가는 산들바람에 예희 엄마의 검은 카디건이 살갗을 스치자 나도 그의 어깨에 기대 잠들고 싶다는 생각이 들었다. 예희처럼.

피해자의 숙명은 눈치 보기였다. 아빠는 수틀리면 나에게 어김없이 윽박질렀고 나는 항상 긴장 상태로 살 수밖에 없었다. 아빠가 행복한 집 안은 천국이었으며 아빠가 화난 집 안은 지옥이었다. 그게 우리 집이 굴러가는 방식이었다. 나는 아빠와 어김없이 웃고, 말하고, 지내 왔지만 그 행동에는 모두 계산이 들어가 있었다. 그의 심기를 거스르지 않기 위해 아빠의 눈썹이 올라가는 각도와 입술이 머뭇거리는 시간 그리고 팔짱을 끼는 습관까지 모두 계산해야 했다. 아빠의 눈썹이 평소보다 1도라도 올라간다면 그는 화가 난 것이고, 나는 지옥으로 변한 집 안에서 또 하나의 상처를 더 지니게 될지도 몰랐다. 그러니 눈치를 보는 것은 곧 나의 생존 방식이었다.

하지만 누군가의 눈치를 본다는 것은 누군가의 아래에 있다는 것을 뜻했고 나는 항상 그것을 자처했다, 학교에서까지. 그러니 어쩌면 아이들은 내가 하대해도 괜찮은 인물이라는 것을 또는 그런 대우에 익숙하다는 것을 단숨에 알아차렸을지도 모른다. 가정에서도 정상적인 관계를 맺는 법을 모르는 내가 갑자기 학교에서 소중한 친구가 생길 리가 없었다. 나는 사춘기라는 바다에서 불행이란 파도에 밀려 어디로 갈지 몰랐고 그 망망대해 한가운데에는 기댈 가족도 친구도 없었다. 나는 그렇게 또 외톨이가 됐다. 내가 세 살이 되던 해 엄마가 세상을 떠났던 것처럼. 학교에서는 나를 살아가게 해 준 방법이 어느새 나를 죽이고 있었다. 내가 어찌할지 몰라 주위 눈치를 보면 아이들은 어느새 나를 한가운데 놓고 웃음을 터뜨리며 나를 놀려 댔다. 그리고 아빠는 내가 눈치를 보지 않다가 조금만 버벅거려도 바로 손을 올렸다. 순간 텅 빈 머릿속에 행동을 주저하자 내게 날아온 두루마리 휴지를 모으면 성도 쌓을 수 있을 것 같았다. 그러니 눈치라는 것은 내가 가진 숙명이자 죄명이었고 또 생존 방식이자, 나를 죽이는 길이었다.

그렇게 학교와 집이란 지옥을 오가던 나에게 작은 탈출구를 내준 것은 오직 그 기억이었다. 세상 어디에도 초대받지 못한 내가 유일하게 안식을 느꼈던 것은 그들과 있었을 때였다.

나는 학교와 집 가운데에 있는 놀이터에 서서 납치당했던 날들에 대해 생각하고 또 생각했다. 기억이 낡고 낡도록. 그 외계인들이 나에게 무슨 말을 하려 했는지, 또 무슨 일로 나를 납치했는지 그리고 왜 나를 이런 곳에 버려 두고 갔는지 말이다.

언젠가 집에 들어가기 싫어 또 집 앞을 빙빙 돌다가 결국 놀이터로 향했던 날, 나는 답답한 마음에 청소년 상담 센터에 전화를 걸었다. 상담사가 무뚝뚝한 목소리로 무슨 일 있냐고 물었고 나는 우물쭈물하며 아빠가 화가 나면 나를 때린다고 말했다. 그리고 뒤에 작은 목소리로 평소에는 괜찮다고 그를 두둔했다. 상담사는 전혀 흔들리지 않는 목소리로 힘들었겠다며 나를 위로했지만, 목소리는 조금 피곤해 보였다. 그리고 그런 경우에는 신고해야 한다고. 상담사는 만약 집을 떠나고 싶다면 머물 수 있는 센터를 알려 주겠다며 숨도 쉬지 않고 말했다.

"○○시 청소년 쉼터, ○○구 청소년 센터, ○○ 청소년 보호소……."

가출을 꿈꾸지 않았던 건 아니었다. 하지만 언젠가 떠나겠다는 마음으로 겨우 모은 용돈 몇 푼으로 내가 무엇을 할 수 있겠는가? 상담사가 말하는 내용은 다정했지만, 그의 목소리는 전혀 그렇지 않았다. 결국 나는 무미건조한 목소리로 고맙다고 말하며 전화를 끊었다. 전화를 걸기 전 울먹거리던 눈동자가 어느새 건조해졌다.

　나에게 날아오던 휴지가 리모컨으로, 책으로, 또 의자로 변했을 때, 나는 결국 경찰에 신고했다. 아무 도움도 되지 않을 것 같았던 상담이 도움이 된 모양이었다. 아빠는 내 머리끄덩이를 잡다가 내가 경찰에 신고한 것을 보고 금세 손을 놓고 다시 화를 내기 시작했다. 아비를 신고하는 자식이 어디 있느냐고. 티브이랑 인터넷에서 이상한 걸 보고 신고 같은 걸 한 거냐고. 그리고 입에 담기 힘든 욕설까지. 하지만 그는 이상하게도 전과 달리 진정돼 보였으며 조금은 분노를 삭이려고 하는 것 같았다. 나는 구석에 숨어 숨죽이고 흐느끼며 경찰을 기다렸고 그가 두려워하다 집을 뛰쳐나가길 기대했다. 그러면 조금은 편하게 숨 쉴 수 있을 것 같았다. 경찰이 들이닥쳐 나와 아빠를 멀리 떼어 놓았고 그들은 너무 흐느껴 말도 잘 못 하는 나를 둘러싸고 가만히 내려다보았다. 내가 말할 수 있을 때까지 기다리는 것이었다. 경찰서로 가길 바라냐는 말에 나는 쉽게 대답할 수 없었다. 그러면 어떻게 되냐는 내 물음에 그들은 소송을 걸어 아빠에게 접근 금지 명령을 내릴 수도 있다고 말했다. 나는 머릿속이 새하얘졌다. 내가 어떻게 그 소송을 견딜 수 있겠는가? 아비를 신고하는 자식이 어딨냐는 말에 일말의 죄책감을 느끼고 있는 내가 말이다.

내가 어물쩍거리는 동안 경찰들은 아빠를 진정시켰고 아빠는 전과 다르게 조용해졌다. 나는 그때 깨달았다. 다른 사람들은 아빠를 그저 하나뿐인 딸을 아내 없이 키워 내는 불쌍한 홀아비로 생각할지도 몰랐다. 아빠의 옛 동창은 멀지 않은 동네에서 근무하는 경찰이었고, 아빠는 가벼운 교통사고를 당하거나 도움이 필요할 때마다 그에게 전화를 걸었다. 다른 사람들에게 내 이야기를 해도 그들은 믿을까? 그 소송 과정을 다 견뎌 낸다고 해도 하루아침에 고아가 될 수 있을까? 나중에 아빠가 나를 찾아온다면? 나는 그를 반가워하지 않을 자신이 있는가? 어떤 물음에도 대답은 나오지 않았다. 내가 아무 말 하지 못하자, 경찰들은 조금씩 발을 끌며 지루한 티를 냈다.

"학생, 어떻게 할 거야?"

경찰의 짜증 섞인 물음에도 나는 넋을 놓고 핸드폰을 만지작거릴 뿐이었다. 전화할 이 하나 없었다. 그리고 조금 웃기게도 나는 그때 예희와 외계인들을 생각했던 것 같기도 하다. 결국 사건을 무마하려 아빠를 진정시키던 경찰들은 집을 나가려 했다. 아빠는 경찰들에게 연신 죄송하다고 말했고, 나는 그것을 바라보고만 있었다, 엉킨 머리와 함께. 왜 그날만 내 몸뚱어리에는 상처 하나 없었을까. 결국 또 너무 일찍 신고한 내 탓일까.

경찰 한 명이 내게 말했다.

"아버지가 다혈질인 걸 알면 조심 좀 해, 학생."

경찰들이 나가자 그길로 아빠는 옷을 챙겨 입고 집을 나갔다. 그러고는 며칠 후에 나에게 무릎을 꿇고 사과했다. 아빠는 나를 때린 다음에 꼭 미안하다고 말했다. 차라리 사과하지 말지. 그러면 그 핑계로 가출이나 죽을 시도라도 하며 막 나갈 텐데. 그것은 받을 수밖에 없는 사과였고 어쩌면 내 용서는 필요하지 않을지도 몰랐다. 그는 나에게 사과한 것만으로 죄책감을 덜었을 테다. 그리고 항상 다시 그러지 않겠다는 약속을 했고, 이미 너무 많은 약속을 어긴 걸 알기 때문에 마지막 수단으로 무릎을 꿇었을 것이다. 나는 결국 또 받을 수밖에 없는 사과를 들으며 그가 또 약속을 어길 것이라는 걸 알았다. 귓가에는 조심 좀 하라는 경찰의 말과 매미 소리가 뒤섞여 윙윙거렸다.

★

간밤에 느꼈던 포근함과 추억은 어느새 속눈썹 사이에 덕지덕지 붙어 현실로 돌아서려는 눈꺼풀을 자꾸만 붙잡았다. 나는 눈을 뜨자마자 눈가를 따갑게 찌르는 햇빛과 맑은 두통에 여느 때보다 깊은 잠을 가졌다는 걸 알 수 있었다. 익숙하지 않은 풍경에 이리저리 둘러보니 하얗게 칠해진 예희의 방 안에 나밖에 남지 않았다는 걸 깨달았다. 밖에서는 그릇끼리 부딪치는 소리와 대화 소리가 만드는 작은 소란스러움이 들려왔다. 멍한 기분에 가만히 서서 그들을 바라보자 예회가 뒤늦게 나를 발견하고 "깼어?" 하며 반겨 주었다. 나는 목소리가 잘 나오지 않아 고개를 끄덕였다. 졸음이 몰려오는 듯도 했고 개운함이 몰려오는 듯도 했다. 엉망이 된 머리를 조용히 쓸어 넘기자 여기저기 엉켜 잘 풀리지 않았다. 나는 그제야 티브이 같은 곳에 나오는, 여름 방학의 할머니 집에서 보내는 하룻밤 같은 것이 무엇인지 짐작할 수 있을 것 같았다. 나른함과 여유로움 그리고 따스함이었다.

모락모락 피어오르는 식탁 위의 달걀부침과 스팸 조각은 시골 밥상이라기에는 조금 현대적이었지만 나는 그것이 오히려 마음에 들었다. 앉으라는 예회 엄마의 손짓에 식탁에 앉아 기다리면서 무엇이라도 도와야 하나, 하는 생각이 들었지만 우왕좌왕하는 나를 눈치채고 "아무것도 안 하는 게 돕는 거야."라고 말한 예회 엄마 덕에 편히 있을 수 있었다.

"잘 먹겠습니다." 하는 예회의 활기찬 목소리에 한층 낮은 목소리로 겨우 답하고 찬물을 삼켰다. 길을 가로막은 목젖에 억지로 물을 들이붓자 한기가 목에서 가슴으로, 배에서 머리로 돌아 정신이 확 깨었다. 머리에 새집을 얹고 흰쌀밥을 깨작거리는 나를 보고 예희가 키득거렸다.

"어제 누가 업어 가도 모르게 자더라."

"코까지 골았다며?"

예희 엄마가 덧붙이며 놀리자 영문을 몰라 눈을 크게 뜨고 둘을 쳐다보았지만, 둘은 웃는 데 정신이 팔려 나를 보지 못했다. 잠까지 얻어 자는 모양에 코까지 골다니. 예희의 잠자리를 방해했을지도 모른다는 생각에 얼굴에 열이 올랐다. 웃음소리가 점점 진정되는 와중에 예희 엄마가 말했다.

"오늘 둘이 계곡 간다며?"

나는 또 놀란 눈으로 예희를 바라보았지만, 그는 싱긋 웃을 뿐이었다. 계곡을 갈 계획이긴 했지만, 어제 너무 빨리 잠들어 계획을 세우지도 못했고 가는 길도 몰랐다. 그렇다고 오늘 딱히 할 일이 있는 것이 아니었다. 어차피 정신이 들면 예희에게 계곡 가는 길을 물어봤을 것이었다. 내가 천천히 고개를 끄덕이자 예희 엄마가 늦을세라 말했다. "같이 가자!" 그 말에 예희가 "예!" 하며 감탄사를 날렸고 나는 둘의 명랑함에 어찌할 줄 몰랐다.

덜컹거리는 버스가 과속 방지턱을 연달아 지나자 아예 붕 뜨는 느낌이었다. 내 옆에는 예희가 있었고, 그 옆에는 그물망에 걸린 수박이, 그 뒤에는 튜브들이 그리고 그 옆에는 예희 엄마가 있었다. 튜브는 버스가 덜컹거릴 때마다 서로 부딪쳐 삐걱거렸고 버스는 항상 덜컹거렸다. 어느새 피서 아닌 피서를 떠나고 있는 내 모습에 어안이 벙벙해 멍하니 있었지만, 새로운 풍경이 나타날 때마다 나를 불러 논밭이니 포도밭이니 하며, 시시콜콜한 이야기를 해 주는 예희 덕에 심심할 틈이 없었다.

　버스 안은 인적이 드문 탓에 한마디만 나눠도 소란스러운 것 같아 눈치가 보였다. 하지만 버스 운전기사와 뒷문 앞 좌석에 탄 할머니는 우리를 전혀 신경 쓰지 않는 듯했다. 오히려 들뜬 우리 모습에 조금 흐뭇한 미소를 지었다는 착각이 들 정도였다. 창밖에는 어제 시내에서 집으로 돌아가는 길에 보았던 것과 같은 풍경이 지나가고 있었다. 끝없는 시멘트 도로와 드문드문 놓여 있는 단층 건물들. 간판에는 공사 자재라든지 부동산이 쓰인 곳도 있었고, 가끔가다가 상회가 보이기도 했다. 그 순간 우울했던 어제 기분이 떠올라 착잡해지다가도 예희가 말을 걸어오면 다시금 현실로 돌아왔다. 우리는 어느새 어제 지났던 길을 지나 훨씬 더 먼 곳을 향해 가고 있었다.

　정류장에서 내리자 드문드문 피서객이 보였다. 그들은 모두 비슷한 나이대였고 여자끼리만 있으면서 나이대가 다른 그룹은 우리뿐이었다. 나는 길을 몰라 맨 뒤에 서서 예희와 예희 엄마를 따라 걸었다. 나무 데크와 울타리 중간에 설치된 계단을

밟고 내려갈 때마다 튜브끼리 부딪쳐 또다시 삐걱거리는 소리
가 들렸다. 계단을 다 내려가자 마주한 계곡은 그리 넓거나 깊
지는 않았지만 발을 담그면 꽤 거센 물살에 서서히 휩쓸려 갈
것 같았다.

　태양이 쨍쨍 내리쬐던 아까와 달리 바위 사이사이에 자리
잡은 나무들이 그늘을 만들어 순간 시원한 느낌이 들었다. 이
어서 계곡을 건너는 예희 엄마를 따라 발을 담그자 한기가 느
껴질 정도였다. 건조한 피부 사이로 물줄기가 하나하나 들어와
피부 조직이 되는 느낌이었다. 나는 튜브가 물에 빠지지 않게 어
깨에 들쳐 멨다. 예희도 등에 짐을 메고, 예희 엄마는 돗자리와
수박을 옆구리에 끼고 나란히 서서 계곡을 건넜다. 발밑에 이
끼 낀 바위를 잘못 밟아 넘어지지 않으려 애쓰고, 각자 든 물건
들이 물에 빠지지 않게 애쓰면서. 나는 그런 뒷모습을 바라보
며 언젠가 티브이에서 본 비틀스의 《애비 로드(Abbey Road)》
앨범 커버가 생각나 작게 웃음을 터뜨렸다.

　자리에 도착하고 나서 그나마 돌멩이가 적고 평평한 곳을
찾아 예희 엄마가 돗자리를 폈다. 나는 그 위로 슬며시 튜브들
을 내려놓았고, 예희는 대충 짐을 내려놓자마자 빨리 가자며 재
촉했다. 나는 예희 엄마를 기다리느라 선뜻 그의 마음대로 하지
못했고, 예희는 기다리다 지쳤는지 "나 먼저 간다!" 하며 계곡

에 뛰어 들어갔다. 풍덩, 물소리가 멀리 들리자 예희 엄마가 뒤늦게 "조심해!"라며 소리쳤고 예희는 그 말이 들리는지 안 들리는지, 젖은 머리를 뒤로 바쁘게 넘길 뿐이었다. 뒤늦게 예희를 따라간 나는 슬며시 물에 발을 담갔다. 아까 들어가 본 탓인지 한기가 돌지는 않았다. 엉거주춤하게 서 있는 나를 예희 엄마가 발을 바쁘게 휘저어 앞질러 갔다. 그러고는 아까처럼 크지는 않지만, 풍당, 소리가 들릴 만치 물에 몸을 던졌다. 나는 또 두 모녀의 뒷모습을 바라보았고 그들은 이내 나를 바라보며 손짓했다. 내가 미끄러운 이끼 탓에 속도를 내지 못하자 예희가 수상한 웃음을 짓더니 나를 향해 물장구를 쳤다. 예희 엄마도 처음에는 웃다가 그에 질세라 물을 끼얹었고, 나는 속수무책으로 물을 맞았다. 눈에 자꾸만 물이 들어가 따가워 눈을 뜰 수 없었다. 입에 물이 들어가지 않으려면 입을 꾹 다물었어야 했지만, 웃음꽃이 피어 나와 결국 푸하하, 웃음을 터뜨렸다. 그 덕분에 물 한 바가지를 먹었고 이내 중심을 잃고 뒤로 넘어졌지만, 엉덩이는 하나도 아프지 않았고 물속은 생각보다 포근했다. 앉아도 가슴께밖에 오지 않는 물인데 뭐가 그리 깊다는 것인지 나는 팔을 허우적거렸다. 머리가 다 젖고 나서야 둘은 물장구를 그만두었다. 예희와 내가 눈이 마주치자, 약속이라도 한 듯이 예희가 도망쳤고, 나는 예희를 따라갔다.

물에서 논 경험은 많지 않지만, 물속에 있을 때면 나는 항상 물귀신 이야기가 왜 나왔는지 알 것 같았다. 물은 사람의 혼을 쏙 빼놓았고 가만히 있어도 한기가 도는 기분이었다. 배에는 허기가 자리 잡았고, 오랜만에 느끼는 서늘한 기분에 정신을 차릴 수 없었다. 나는 몸을 일으켜 물에 담긴 두 발을 바라보았다. 찰랑거리는 물줄기가 발끝을 간지럽히자 발가락이 휘어 보였고 반짝거리는 햇빛에 표면도 같이 빛났다. 물 표면에 비친 내 얼굴에 힘이 쭉 빠져 있어 조금은 놀랐다. 그때 어디서 떨어졌을지 모를 나뭇잎 하나가 내 실루엣을 따라 흘러갔고, 나는 그 나뭇잎을 따라 눈을 움직였다. 멀어지는 나뭇잎을 따라 서서히 고개를 들자 예희 엄마가 보였다. 돗자리에 앉아 있던 예희 엄마는 커다란 수건을 어깨에 걸치고 우리에게 손짓했다. 나머지 한 손에는 수박 조각이 들려 있었다. 나뭇잎은 어느새 수평선을 지나 더 이상 보이지 않았다.

배부를 만큼 수박을 먹고 나니 어느새 여름의 한가운데가 아닌 봄이나 가을의 한가운데에 있는 것 같았다. 오후를 지난 시간의 태양은 한껏 풀이 죽었고, 젖은 몸은 더워질 틈을 허락하지 않았다. 예희가 나른한 느낌이 드는지 눈꺼풀을 껌뻑이며 엄마의 어깨에 머리를 기댔다.

나는 문득 아까 흘러간 나뭇잎이 생각이나 계곡 너머를 바

222

라보았다. 그리고 자리에서 일어나 샌들을 신고 길을 따라 걸었다. 예희와 예희 엄마는 나를 말릴 생각도 하지 않았고 또 그럴 힘도 없어 보였다. 얼마 되지 않아 등 너머로 사람들의 소음은 작아지고, 눈앞의 거센 물줄기 소리가 들렸다. 그리고 귓가에 물줄기 소리만 들릴 때쯤 작은 폭포가 보였다. 폭포 아래에는 합쳐도 높이가 2미터 채 되지 않는 두 개의 바위 계단이 있었다. 자갈밭에서 그 폭포로 한 걸음 한 걸음, 그 짧은 걸음마다 물소리는 커졌고 물방울이 내 얼굴에 뛰어들었다. 그 순간 밑으로 빨려 들어가는 느낌에 걸음을 멈추었다. 시원했다. 아래로 내려가는 바람이, 나를 끌어당기는 듯한 그 느낌이, 나를 초대하는 듯한 물방울 하나하나가 7년 전 그 풍경을 생각나게 했다. 이 정도 물소리라면 저 위에서도 들릴까. 나는 지난번에 만든 문장을 머릿속으로 되뇌었다.

'깎아지른 절벽 뒤로 이어진 외딴길. 무언가가 가로막은 풍경. 그 아래에는 계곡이 흐른다.'

고개를 들어 주위를 둘러보았지만, 딱히 절벽이라고 할 만한 곳은 찾지 못했다. 혹시 내가 절벽이 아닌 산 정상에 서 있던 것일까? 그랬더라면 지금 내 눈에 보이는 저 산도 이 산도, 어쩌면 지나오다 본 그 산도, 내가 있던 곳일 수 있지 않을까? 나는 다시 고개 숙여 폭포를 바라보았다. 물줄기가 바위 틈새를 바쁘게 채워 놓았다.

'이 밑으로 떨어진다면 어떨까. 그러면 나는 자유로워질 수 있을까?'

나는 이런 말도 안 되는 상상을 할 때마다 모든 게 순전히 착각이라는 걸 알고 있었다. 그렇게 한다면 무릎이 깨지고 팔이 부러지고 얼굴이 긁혀 피가 철철 날 것이다. 코와 눈에 물이 들어가 숨을 쉴 수도 없겠지. 그런데도 밑으로 나를 잡아당기는 느낌은 어쩔 수 없었다. 같은 생각이 계속될 때면 눈의 초점이 사라지곤 했다. 눈앞의 풍경 대신 머릿속 생각밖에 보이지 않았다. 나는 그 생각에 사로잡혀 폭포 밑으로 떨어지는 내 모습밖에 보이지 않았다. 물속에서 한참을 허우적거리고 있을 때쯤 나를 깨운 건 예희였다.

"성연아!"

예희의 손이 어깨에 닿자마자 나는 화들짝 놀라 몸을 들썩였고, 덩달아 예희도 몸을 휘청였다. 그는 나를 보고 작게 웃음을 터뜨렸다, 놀랐느냐고 물으면서. 예희는 다시 물에 들어가 놀자며 재촉했고 나는 어정쩡하게 고개를 끄덕였다. 나에게 손짓하며 멀어져 가는 예희를 바라보자 그 너머로 계곡의 풍경이 다시 보였다. 좁은 골짜기에서 보니 사뭇 다르게 보이는 그 풍경이.

절벽처럼 깎인 바위 위로 돋아 있던 푸른빛은 숲을 타고 올라 산이 되었고 그 푸른 산은 계곡을 감싸고 있었다. 그 위로 파란 하늘과 하얀 구름이 더해지자 그야말로 절경이었다. 나는 작은 탄식을 뱉으며 내가 있었던 절벽이 저곳일까 생각했다. 저 위를 하나하나 다 올라가 봐야 하나, 하는 생각도. 그날 작은 이정표라도 봤으면 좋았을걸. 이번에는 예희 엄마가 나를 향해 손을 흔들었다. 나는 손가락 한 마디 정도 되는 그의 모습과 푸른 하늘을 번갈아 보았다. 지금 당장 그들에게로 달려가고 싶다. 나는 발걸음을 돌렸다. 저 높은 곳을 하나하나 다 들러 보는 것은 조금 귀찮은 일일 것 같기도 했다.

5

그동안 꺼내 둔 옷들이 모두 세탁기에서 돌아가고 있던 탓에 나는 오랜만에 가방을 뒤적거렸다. 거실 너머로 예희가 샤워하는 소리가 들렸고 옆방에서는 그의 엄마가 무언가를 정리하는 소리가 어수선하게 널브러졌다. 예희네 집에 온 지도 며칠, 어느새 가방 안에 있던 짐이 하나둘씩 빠져나왔다. 티셔츠 네 장과 속옷 다섯 장, 바지 세 벌과 잠옷 한 벌, 양말 네 켤레와 신발 한 켤레, 수첩과 볼펜 하나, 내 전 재산이 든 통장과 현금 13만 원, 스킨 샘플과 선크림 하나, 머리끈과 이어폰 그리고 담요 한 장. 얼마 되지 않았지만 막상 꺼내 보니 가방 주변이 엉망이 되었다. 어떻게 정리하면 좋을지 마땅히 떠오르는 방법이 없어 짐을 한구석에 몰아넣을 뿐이었다.

샤워를 마친 예희가 수건으로 머리를 털며 들어왔다. 아까 계곡에서 보았던 폭포가 생각난 탓인지 물방울이 눈에 튄 탓인지, 잠시 인상을 찌푸렸다. 흰 바탕에 보라색 줄무늬가 있는 파자마를 입은 예희는 내 옆에 앉으며 "너도 씻고 와."라고 말했고 나는 끄덕거리며 옷가지를 열 맞춰 놓았다. 예희는 각종 스킨로션을 자신의 앞에 펼쳐 놓고는 열심히 얼굴에 두드렸다. 예희의 맑은 얼굴은 너무나도 무지하고 투명했던 탓에 누가 봐도 앳된 얼굴이라고 할 것 같았다. 무의식중에 나는 영원히 갖지 못할 것이라고 생각할 만치.

예희가 스킨 통들 사이에 있는지도 몰랐던 작은 연고를 손에 쥐었다. 그리고 손가락 위에 작게 짜더니 어깨와 겨드랑이 사이에 있는, 잘 보이지도 않는 자신의 흉터에 덧발랐다. 예희가 내려놓은 연고에는 '흉터 치료제'라고 쓰여 있었다. 연고까지 바르고 있었다니. 무언가 배신감이 들었다. 계속해서 힐끔대는 나를 발견한 예희가 말했다.

"너도 바를래?"

나는 연고를 한참 동안 바라보다가 천천히 고개를 끄덕였다. 거의 다 써 말라비틀어진 연고를 짜느라 손가락이 떨렸다. 나는 흉터에 연고를 바르며 깊이 새겨진 문양 자국을 느꼈다. 예희는 바른 지 한참 된 것 같은데도 흉터는 흐려지기는커녕 여느 때보다 더 진해진 것 같았다.

예희 엄마가 열린 방 안으로 고개를 내밀었다.

"예희야, 내일 아빠 온대."

그의 말에 예희는 화들짝 놀라며 좋아했지만, 예희 엄마는 예희의 반응에도 인상을 찌푸리고 스마트폰을 바라볼 뿐이었다. 예희 엄마가 나에게 물었다.

"성연아, 괜찮지?"

끄덕일 수밖에 없는 질문이었다. 괜찮지 않으면 어떻게 할 셈인가. 그나저나 예희의 아빠를 만나게 된다니. 출발하기 전부터 예상하지 못한 일은 아니었지만, 막상 이렇게 만난다고 생각하니 온몸이 얼어붙었다.

나는 둘뿐인 가족사진과 한 번도 언급되지 않은 그의 존재로 예희가 엄마하고만 산다는 걸 지레짐작했다. 7년 전에는 그를 본 기억이 나니까, 아무도 그를 언급하지 않는 이유는 예희의 부모님이 이혼했거나 예희 아빠가 죽은 것, 둘 중 하나였다.

예희가 나처럼 부모님 중 한 명하고만 산다는 것에 제멋대로 동질감을 가졌던 것 같기도 하다.

나는 자기 전에 예희의 아빠에 대해 생각했다. 예희는 아빠를 어떻게 생각할까? 아빠가 온다는 소식을 듣고 반가워하는 걸 보면 좋아하는 거겠지. 하긴 나도 죽은 엄마가 온다면 반가울 것 같았다. 나는 곤히 잠든 예희의 맑은 얼굴을 보면서 생각했지만 가장 궁금한 것조차 물을 수 없었다. 예희 아빠가 나를 어떻게 생각할지, 예희는 자기 아빠에게 나를 뭐라고 소개할 건지. 아무래도 '같이 납치당했던 친구'는 어감이 좀 이상했다.

컴퓨터도 스마트폰도 없는 집에서 예희가 할 수 있는 일은 그리 많지 않았다. 평상에 그늘이 생기면 그 위에 누워 있다가, 엄마가 부르면 달려가서 함께 빨래를 널고, 나랑 공기놀이를 하고, 티브이를 보다가 밖에 나가 산책하기도 했다. 사실 내가 있어서 그렇지 예희는 평소에는 할 일이 없으면 공부를 많이 한다고 했다. 책상 위에 꽤 쌓인 문제집을 보고 나는 고개를 끄덕거렸지만 사실 내가 없다고 해도 예희가 온종일 공부할 것 같지는 않았다.

이 동네의 학교는 워낙 작아서 한 학년의 학생 수는 손에 꼽을 정도였다. 게다가 예희는 자신과 동갑인 친구들은 집이 멀어

놀려면 큰맘 먹고 미리 약속을 잡아야 해서 자주 만나진 못한다고 했다. 심지어 학교가 폐교 위기라 원래 있던 아이들 대부분은 더 큰 동네의 학교로 전학을 갔고, 그마저도 연락이 끊겼다. 예희는 그 말을 하면서 처음으로 말끝을 흐렸다. 조금은 외로워 보이기도 했다. 예희가 다니는 학교를 상상해 보았지만 한 교실에 옹기종기 모여 아이들과 매번 어깨를 부딪혔던 나로서는 상상하기 어려웠다. 나는 그 속에 섞일 수 없었고 예희는 섞일 곳조차 없었다. 비슷해 보여도 그 둘에는 큰 차이가 있었다.

예희에게 학교에 가 보자고, 구경시켜 달라고 말할 수도 있었지만 나는 그가 사는 세상에 발을 딛고 싶지 않았다. 괜히 예희의 학교에 가서 친한 친구나 선생님의 이야기를 들으며 하염없이 우울해지는 나에게 실망하고 싶지 않았다. 나는 그저 우리 둘이 평상에 누워서 그늘을 만끽하고, 햇빛이 들어오면 거실로 우다다 달려가 드러눕는 것만으로 만족했다. 공기놀이를 할 때면 나는 자꾸만 공기를 떨어뜨렸다. 반면 예희는 능숙하게 공기를 내팽개치고 다시 집어서 던지고, 1년, 2년, 3년······ 그렇게 능숙하게 나이를 먹어 갔다. 나는 초등학생 때 이후로 한 적 없다며 변명했지만, 사실 초등학생 때도 잘하지 못했다. 맨날 한 살도 먹지 못해 뒤로 밀리고, 재미없다며 밀쳐지고, 항상 뒤에서 잘하는 아이들의 어깨 너머로 공기가 높이 떠오르는 것을 보았다. 예희는 항상 이기면서도 기분이 좋은지 종종 낮은 웃음을 터뜨렸다. 사실 나는 예희가 플라스틱 통에 담긴 공기를 달그락거리면서 가져왔을 때 좀 놀랐다. 공기라니. 요즘 어떤 중학생이 공기놀이를 한단 말인가? 놀란 나를 아랑곳하지 않고 예희는 공기를 평상에 흩뿌리며 엄마랑 자주 하는 놀이라고, 절대 자기를 이길 수 없을 거라고 말했다. 나는 속으로 예희가 오늘 처음 한다 해도 나를 이길 수 있을 거라고 생각했지만, 아무 말도 하지 않았다. 그리고 역시나 나는 비록 한 살도 먹지 못하는 어린아이였지만 예희와 함께하는 공기놀이는 여전히 재밌었다. 예희가 몇 살인지는 이제 세기도 힘들었고 그냥 그 애가 재주 넘는 걸 보고 내가 손뼉을 치면 예희도 기분 좋게 웃는 그런 놀이가 되고 말았다.

그런데 오늘은 그 공기놀이도 재미없었다. 그 아이의 분홍색 공기가 하나, 둘 그리고 파란 공기가 또 하나 그리고 보라색 공기가 삐걱거리며 그 아이의 손가락에 들어가도 나는 집중할 수 없었다. 톱니바퀴에 무언가가 박혀 턱턱 걸리는 느낌이었다. 그 순간 머리가 어지러웠다. 억지로 몸을 일으키자 예희가 왜 그러느냐고 물었지만 나는 손을 저을 뿐이었다.

"그냥 산책 좀 갔다 올게."

예희에게서 벗어나야 했다. 무언가 턱 막힌 듯한 두통은 그에게서 벗어나야만 없앨 수 있는 것이었다. 나는 시멘트 길을 걸으며 무엇이 내 머릿속을 괴롭히는지 고민해 보았지만 사실 처음부터 그 이유를 알고 있었다. 예희의 아빠가 오늘 밤에 온다. 걸을 때마다 시멘트 바닥에 끌리는 슬리퍼는 턱턱 소리를 냈고, 바람에 휘날리는 강아지풀을 보아도 더 이상 기분이 나아지지 않았다.

저 멀리 중형 승합차가 아슬아슬하게 시멘트 길을 따라 다가왔다. 승합차는 비틀거리며 예희네 집 앞에 자리 잡았다. 운전석 문이 열리며 누군가가 나올 타이밍이었는데도, 아무도 나오지 않았다. 대문 앞에 서 있던 예희는 그새를 못 참고 자동차로 달려 나갔다. 예희 엄마는 그것을 보고도 예희를 따라 계단을 내려가지 않았다. 그저 예희를 바라보았다.

예희 아빠는 호들갑을 떨며 인사하지는 않았지만, 예희의 어깨를 감싸며 팔을 두드렸다. 처음 보는 그의 얼굴은 예희와 많이 닮진 않았지만, 길거리를 지나가다 둘을 본다면 누구라도 부녀라고 생각할 것 같았다. 그는 뒷자리에서 과일주스 상자를 꺼냈고 계속해서 예희를 껴안고 걸었다. 그리고 예희 엄마한테 짧게 눈인사했다. 나는 그에게 어정쩡하게 고개를 숙이며 인사했고 예희 아빠는 "반갑다."라며 짧은 인사를 했다. 그게 끝이었다. 너무나도 담백해 감질나는 그런 인사. 괜히 내가 나서서 자기소개라도 해야 할 것만 같은 인사였다. 오랜만에 만난 아빠를 반가워하는 예희와 손에 든 주스 상자는 그가 손님이라고 말하고 있었지만 집으로 들어가는 뒷모습은 다른 것을 말하고 있었다.

식탁에 앉아서도 예희는 해바라기같이 아빠에게만 고개를 쭉 내밀었다. 어떻게 지냈는지. 오는 데 얼마나 걸렸는지. 왜 이렇게 오랜만에 왔는지. 예희는 아빠에게 별의별 질문을 다 했지만 예희 아빠는 전혀 당황한 기색 없이, 오히려 행복하게 대답했다. 나는 딱히 할 말이 없어서, 또 딱히 물어보지 않아서, 부엌에 들어가 예희 엄마를 도우려 했고, 그는 평소와 다르게 가만히 있으라거나 쉬는 게 돕는 거라는 말을 하지 않았다. 나는 결국 쭈뼛대며 수저를 갖다 놓았다. 아무도 예희 엄마를 돕지 않는 게 어색해 곁눈질로 예희를 보았지만, 예희는 자신의 아빠 외에는 안중에도 없었다.

예희 엄마가 부엌에서 거친 냄새를 풍기며 김치찌개를 가져와 식탁 위에 놓자, 탁 소리가 났다. 검은 쇠 냄비에 담긴 찌개에서는 아직도 거품이 부글거렸다. 예희 아빠가 숟가락을 들자 예희가 명랑한 목소리로 "잘 먹겠습니다."라고 외쳤다. 내가 기어들어 가는 목소리로 예희의 말을 따라 하자 예희 아빠가 기다렸다는 듯이 물었다.

"이름이 성연이라고 했나?"

"네."

나는 또다시 개미만 한 목소리로 대답을 남겼고 수저와 그릇이 부딪치는 소리만 식탁에 남았다.

"예희와 친해진 지 오래됐니?"

나는 대답을 하기 전에 한참을 머뭇거렸다. 예희를 안 지는 오래되긴 했는데, 얼굴을 본 건 7년 만이라. 이걸 오래됐다고 해야 하나, 아니라 해야 하나.

"아…… . 네, 좀 됐어요."

식탁은 어느새 심사 위원석으로 바뀐 것 같았다. 나는 밥알이 얼마나 부드러운지, 김치찌개에서 무슨 맛이 나는지 전혀 알수가 없었다.

"이 동네 사니?"

"아니요, 서울 살아요."

"서울?"

뜻밖의 대답이라는 듯이 그의 눈썹이 치켜 올라갔다. 나는 갑자기 쿵쾅거리는 심장을 멈출 수 없었다.

"하하, 그러면 여기까지 오는데 조금 애먹었겠다."

그는 퍽이나 다정한 말투를 하고 있었지만, 질문들은 전혀 그렇지 않았다. 나는 걱정하던 순간이 다가오고 있음을 알 수 있었다. 평소처럼 예희가 끼어들어 나에 대한 정보를 술술 불기를 바랐지만, 그는 웬일인지 밥그릇에 고개를 박고 있을 뿐이었다.

"이것 좀 먹어."

예희 아빠가 질문할 타이밍에 예희 엄마가 끼어들며 말했다. 그러고는 검은 콩자반 그릇을 예희의 쪽으로 밀어 놓았다. 예희 아빠는 한동안 침묵했지만 나는 곧 그가 침묵한 이유가 진정으로 궁금했던 것을 묻기 위해서라는 걸 깨달았다.

"예희랑은 몇 살 때 만났니?"

나는 눈알을 또르르 굴리며 말했다.

"초등학교 1학년 때요."

"초등학교 1학년……."

예희 아빠가 말을 흐리며 내 대답을 따라 했다. 알아챘을까? 그는 아무렇지 않은 척 고개를 끄덕거렸지만, 식탁에 앉아 있는 모두가 알 수 있었다. 초등학교 1학년 그리고 서울은 그에게 '납치'라는 키워드를 연상시키고 있을 것이다.

"그러면 그동안 예희랑 연락하고 지냈던 거니?"

그것을 시작으로 예희 아빠는 질문을 쏟아 내기 시작했다.

"여기는 처음이니? 예희가 초대해서 오게 된 거야? 부모님은 여기 오시는 거 허락하셨니?"

내가 어버버거리며 "네? 그게……."라고 말하기 무섭게 예희 아빠는 다음 질문을 내밀었다. 그가 "여기 온 지 며칠째니?"라는 말을 하자 예희 엄마가 탁 소리를 내며 젓가락을 내려놓았다.

"그만해."

"뭘 그만해?"

"지금 성연이 불편하게 하잖아. 성연이도 손님이야."

그 말은 계속해서 내 귓가에 맴돌았다. 그렇지. 나는 손님이지. 그렇다면 나에게 질문을 퍼붓는 이 사람도 손님일까? 왠지 모르게 나는 자꾸만 그가 원래 주인이라는 생각을 떨칠 수 없었다.

"크흠."

예희 아빠가 헛기침했고 또다시 수저와 그릇이 부딪치는 소리만이 남았다. 예희는 첫날과 똑같이 알 수 없는 표정을 하고 있었다. 대문 앞에서 흩날리는 하얀 로브를 입고 나를 바라보던 그 눈빛. 도저히 무슨 생각을 하는지 알 수 없었다. 예희가 다시 눈을 반짝이더니 하는 말이 "아빠, 성연이가 내 핸드폰 보고 놀라더라."하고 말했다. 이미 지난번 나를 한번 곤경에 넣었던 그 말. 예희 아빠는 "그래?" 하며 눈을 같이 반짝이고는 예희에게 고개를 돌렸다. 그는 예희에게 시선을 고정한 채 예희의 엄마에게 말했다.

"이쯤 되면 그냥 하나쯤 사 줘."

"내가 알아서 하니까 상관 마."

말이 끝나기 무섭게 예희 엄마가 말했다. 예희 아빠는 대답이 끝나고 한참이 지나고 나서야 식탁으로 시선을 돌리며 말했다.

"스마트폰 하나 있다고 애 없어지는 거 아니잖아."

그 말. 역시 나를 기억하고 있구나. 그 말은 예희 아빠가 나를 보고 실종 사건을 떠올리고 있다는 것 그리고 예희 엄마가 아직도 그 일에 민감하다는 것을 동시에 말하고 있었다. 수저와 그릇끼리 부딪치는 소리는 끊기지 않았지만 이내 점점 작아졌다. 나는 모두의 심장이 툭 하고 떨어질 것 같다는 것을 알았다. 그는 내가 이 집에 온 게 정말 아니꼬웠던 모양이었다. 예희는 그제야 분위기를 풀려던 자신의 노력이 오히려 상황을 더 안 좋은 곳으로 이끌었다는 것을 깨달은 눈치였다. 밥을 씹던 어금니를 느리게 멈추더니 이내 젓가락을 잡은 손을 내려놓았다. 예희를 본 지 오래되지는 않았지만, 확실히 분위기를 푸는 쪽에 재능이 있는 것 같지는 않았다.

"그 말이 여기서 왜 나와?"

"그게 무서워서 저 오래된 걸 아직도 쓰게 한 거였으면, 함부로 집에 사람……."

"조용히 해."

뿌리 깊은 나무의 잎사귀가 흔들렸다. 예희 엄마는 차분하게 화를 식히려는 것 같았지만 그의 말을 들은 이후부터 잘되지 않는 것 같았다. 아까 예희에게 콩자반을 건네줄 때까지는 화난 마음보다는 미안한 마음이 앞섰던 것 같지만 이제는 그래 보이지 않았다. 그는 질겅거림을 멈추고 입안에 있는 오징어채를 물과 함께 꿀꺽 삼켰다.

"예희 친구잖아. 그러지 마."

그러더니 뒤늦게 나를 챙기려는 노력을 보였다. 나는 넋을 놓고 있다가 '예희 친구'라는 말을 듣고 나서야 정신이 번쩍 들었다. 곁눈질로 훔쳐본 예희는 아무런 표정도 하고 있지 않았다. 몸속에 미소 짓는 영혼이라는 게 있다면, 지금 실시간으로 빠져나가고 있는 듯했다. 그는 이번엔 서서히 고개를 아래로 내리더니 미동조차 하지 않았다. 잠시의 침묵조차도 참지 못한 것인지, 예희 아빠가 질세라 말했다.

"놀이터 볼 때마다 예희 없어질까, 무섭다고 난리를 쳐서 여기까지 온 건 당신이야."

귀가 걷잡을 수 없이 뜨거워졌다. 내가 들어서는 안 될 것 같은 이야기였다. 나는 손을 들어 귀를 막고 싶었지만, 차마 그렇게 할 수 없어 귀의 온도는 달아오르다 못해 내 양 볼까지 달구었다.

"당신, 예희가 성연이 오고 얼마나 밝아졌는지 모르지."

나는 그제야 아무 표정 없는 그 모습이 예희의 본모습이었다는 것을 깨달았다. 무슨 생각을 하는지 전혀 알 수 없는 그 얼굴. 영혼이 빠져나간 듯한 그 얼굴. 힘없이 흔들리는 하얀 로브를 입은 모습. 그게 평소의 예희였다. 내가 기억하는 예희는 티 없이 맑고 앳된 얼굴, 반짝이는 하얀 슬리퍼, 공기놀이하다가 터뜨리는 낮은 웃음소리였는데 말이다.

"저는 곧 갈 거예요."

내가 한층 잠긴 목소리로 말했다. 한동안 말하지 않아 조금 쉰 목소리로, 조금은 우는 목소리 같기도 했는데, 그건 오랫동안 말하지 않아서인지 아니면 정말 울 것 같아서인지 나조차도 알 수 없었다. 사실 곧 갈 생각은 없었지만 뭐라도 말해야 할 것 같았다.

"맞아, 성연인 갈 곳이 있다고 했어."

예희의 말에 엄마와 아빠가 일제히 그를 쳐다보았다.

"나한테도 가자고……."

"뭐……?"

예희의 말이 끝나기도 전에 그의 엄마가 말을 막았다. 그것은 나의 아군이 적군으로 변질했다는 신호기도 했다. 이번에는 예희 엄마와 아빠, 둘 다 나를 일제히 쳐다보았다. 나는 무슨 말을 해야 할지 몰라 몇 번이나 입술을 달싹거렸고 그러면서 조금 울먹이기도 한 것 같았다.

'예희야, 그 말만은 하지 말았어야지.'

머릿속에서는 무언가 끊어진 듯한 분노가 차올랐고 모든 원망은 예희에게로 돌아갔다. 머릿속에서 예희를 꾸미는 수식어구는 어느새 '나의 오랜 친구'에서 '눈치 없는 애'로 바뀌고 있었다.

예희 아빠가 수저를 놓으며 말했다.

"내가 말했잖아."

그것을 시작으로 예희 부모님은 언성을 높이기 시작했다. 소리가 겹치고 겹쳐 무슨 말로 시작해서 무슨 말로 끝나는지 알 수 없었고, 이제는 정말로 아무 생각도 들지 않았다. 멍한 기분에 눈은 초점을 잃어 서로를 향해 가리키는 손가락 실루엣만이 눈앞에 가득했다. 몰려오는 두통에 머릿속은 울음이 가득 차서 찰랑거리는 어항이 되어 버린 것 같았다.

그때 예희가 자리에서 일어섰다. 끼익, 하고 바닥과 의자 다리가 부딪는 소리에 모두 예희를 바라보았다.

"나 나갈래."

예희는 매우 화난 듯한, 처음 보는 그런 얼굴로 밖으로 걸어나갔다. 나는 딱히 할 수 있는 일이 없어서 그를 따라나섰다. 예희는 문을 나서기 전 고개를 돌려 말했다.

"잠깐 갔다 올게."

숨이 막힌다거나 지긋지긋하다는 반항적인 말을 기대했건만, 너무나 상식적인 말에 나는 어안이 벙벙했다. 예희의 뒤로 다급하게 그의 이름을 부르는 예희 엄마의 목소리가 들렸다. 나는 머뭇거리며 뒤돌아보았지만 이름의 주인공은 단 한 번도 뒤돌아보지 않았다. 예희 엄마는 나와 눈이 마주쳐도 자신이 기다린 것은 그것이 아닌 양, 아예 없는 일인 양, 계속 예희의 이름을 부르기만 했다. 나는 멋대로 자리를 떠나는 예희를 거칠게 잡으며 꾸짖지 않는 그들의 자비가 놀라웠고 또 부러웠다. 그리고 우리는 걸었다. 걷고 또 걸었다. 터벅거리는 발걸음 소리 가운데 턱, 턱 걸리는 소리가 이번에는 예희의 발끝에서 났다. 길가에는 내가 예희를 처음 찾으러 왔을 때 만났던 파란 대문과 노란 민들레꽃, 벼가 자란 들판, 예희와 함께 걸었던 양파밭, 혼자 걸으며 보았던 강아지풀이 그대로 우리를 기다리고 있었다. 예희가 걸음을 멈추고 뒤를 돌아보았다.

"미안해, 성연아."

어두운 시멘트 길 위로 불빛이 들어온 가로등 아래 서 있는 예희는 마치 무대 위에 있는 것 같았다. 주위에는 예희밖에 보이지 않았고 또 다른 가로등까지는 너무나 아득해 보였다. 나는 또다시 고개를 떨구었다. 도대체 뭐가 미안하다는 걸까. 오히려 내가 미안해야 하는 상황이 아닌가?

우리는 가만히 서서 한참을 있었다. 무엇을 해야 할지 알수 없었다. 예희는 첫날처럼 아무 표정 없는 얼굴로 눈물을 흘렸다. 나는 깨달았다. 예희는 이곳의 삶을 선택한 적이 없다. 평화로울지 몰라도 가끔은 감옥같이 느껴질 것이다. 인터넷을 하려면 30분 거리의 피시방을 가야 하고, 그러기 위해선 엄마에게 허락을 받아야 하고, 매시간 어디에 있는지 문자로 보고해야 한다. 그리고 그 답답함을 토로할 친구 하나 없다. 솔직히 말하면 나는 그런 예희가 부러웠다. 내 고민에 비하면 예희의 고민은 하얀 로브만큼 가벼워 보였다.

예희가 저벅저벅 걸어가 길 난간에 걸터앉았다. 예희의 어깨가 축 처져 안쓰러워 보였다. 우리 둘 다 누군가 어깨를 감싸주어야 하는 건 확실한데, 도대체 누가 해 주지? 자신을 고립시킨 엄마를 가진 예희와 나는 같은 흉터를 가지고 있었다. 흉터는 우리에게 그 일이 거짓이 아니라고 말하고 있었지만 아무도 믿지 않았다. 예희는 흉터를 지우려 했고 나와 같이 떠나 주지 않을 것이다. 나를 때리는 아빠를 피해 도망 온 나는 차마 그의 어깨를 감쌀 수 없었다. 그 대신에 나는 대답을 재촉했다.

"어떡할 거야?"

영문 모를 얼굴로 예희가 나를 올려다 보았다. 뭘 묻냐는 듯한 표정이었다. 온 밤하늘을 담고있는 눈동자에 나는 바로 고개를 피하고 말았다.

"집에서 나왔잖아."

"돌아가야지."

예희의 말은 나에게 그야말로 충격이었다. 정말 돌아간다니. 그렇게 간단한 해결법이 어딨겠는가? 나는 잠시 우리 집에서 이런 행동을 했다면 어떻게 됐을까 생각해 보았다. 아빠는 나를 죽기 직전까지 쫓아와 잡거나, 잡지 못한다면 영원히 돌아가지 못할 것이다. 이번에 다신 돌아가지 않을 작정으로 예희를 찾아온 것처럼. 나는 그만 할 말이 없어서 그제야 예희 옆에 자리를 잡고 몇 분 동안이나 눈물을 뚝뚝 떨어뜨렸다.

6

예희의 말대로 우리는 곧 집으로 돌아갔다. 나는 어색한 기분으로 그를 뒤따라 돌계단을 올랐다. 내 눈앞에는 노란 민들레꽃과 파란 대문 대신 예희의 뒷모습이 시야에 가득 찰 뿐이었다. 그 아이의 뒤로 샛노란 가로등 빛이 자꾸만 삐져나와 나는 하는 수 없이 인상을 찌푸렸다. 대문이 덜컹거리다 오래된 쇳소리를 내며 열렸다. 터덜터덜 걷는 네 개의 발걸음 소리가 엇박자로 울리다 앞선 두 개의 것이 먼저 멈추었고, 이어서 뒤따라오던 두 개의 발걸음이 주춤거렸다. 평상 앞에 선 예희가 창문의 그림자를 바라보자 기다렸다는 듯이 현관문이 열렸다. 예희 엄마였다. 그는 예희에게 미친 듯이 화를 내지도, 예희를 질책하지도 않았다. 그저 벌겋게 달아오른 얼굴과 고뇌가 담긴 얼굴이 그동안 있었던 일을 짐작할 수 있게 했다. 그는 천천히 예희에게 다가가 그를 꽉 안았고 나는 그 장면을 또다시 우두커니 서서 보았다. 이번에는 내가 비집고 들어갈 틈 따위는 존재하지 않았다. 예희 엄마는 나를 바라보지 않았고, 예희도 나를 향해 뒤돌아보지 않았다. 그는 어떻게 예희가 다시 돌아올 것을 안 것일까. 이곳이 둘에게 약속의 땅이라도 되는 것일까. 아니, 원래 집이라는 건 그런 곳일까? 나는 또 영원히 알 수 없는 것들에 대해서 생각했다.

나는 예희의 책상에 한참을 가만히 앉아 있었다. 예희의 아빠는 예희가 돌아오기도 전에 집을 떠났고 나는 그가 참 무책임하다고 생각했다. 예희를 향한 신뢰가 두둑한 것일 수도 있지만 아무리 노력해도 그런 관계는 상상할 수 없었다. 예희가 옷장에서 흰 이불을 꺼내 바닥에 놓았고 나는 흰색이 내 시야를 뒤덮도록 그냥 그렇게 두었다. 바스락거리는 이불 소리와 간간이 들려오는 한숨 소리가 어색했다. 나야 항상 예희와 있으면서 어색하다고 느꼈지만 예희가 그렇게 느끼는 건 처음인 것 같았다.

한껏 잠긴 목소리로 "예희야." 하고 그를 부르자 예희가 동그란 눈으로 나를 향해 뒤돌아보았다. 마치 이곳에 없는 사람을 발견한 것처럼. 나는 예희의 움직임을 처음부터 끝까지 계속 지켜봤는데 말이다. 첫날과 같은 침묵이 맴돌았다. 사실 한마디만 더 하면 그냥 울음이 터질 것 같았지만 할 수 있는 것이 없었다. 그냥 그 질문을 하는 것이 최선책이었다.

"정말 나랑 같이 갈 생각……."

벌컥, 하고 방문이 열렸다. 나와 비슷한 얼굴을 한 예희 엄마가 두툼한 이불을 들고 방으로 들어왔다. 그는 몸을 굽혀 예희에게 이불 한 장을 준 다음 침대 위로 또 다른 이불 한 장을 놓았다. 늦여름의 산들바람이 걱정됐던 모양이었다. 나는 무언가 피해망상에 빠져 그가 나에게는 이불을 주고 싶지 않았지만, 예의상 주는 것이라고 생각했다. 예희 엄마가 나에게 단 한 번의 눈길도 주지 않은 것은 사실이었으니까. 아무 말도 하지 않으려던 것처럼 고개를 돌리자 책상 위에 놓인 흉터 치료제가 눈에 들어왔다. 역시 나에게는 아무런 효과도 없었다.

"이거 덮고 자. 어제 보니까 슬슬 바람이 불더라."

예희 엄마가 말하는 도중에 철문 소리가 울렸다. 크게 쿵쿵 울리는 소리에 바람인가 하고 창밖을 보았지만, 아니었다. 그것은 누군가가 일부러 파란 대문을 두들기지 않으면 날 수 없는 소리였다. 예희 엄마가 놀라 "이 시간에 누구지?" 하고 방을 나섰다. 불안한 예감에 바라본 창문에는 파란빛과 빨간빛이 번갈아 가며 빛나고 있었다. 오래된 창문의 무늬를 따라 빛은 모자이크처럼 촘촘히 벌어지다가 마침내 만개하는 꽃처럼 퍼져 나갔다. 조심스레 창문을 열고 밖으로 고개를 내밀자 예희는 내게로 다가와 내 머리 위에 턱을 괴고 같이 밖을 바라보았다. 순간 조용해진 방 안으로 급하게 신은 예희 엄마의 신발 소리가 들려왔다. 예희 엄마가 파란 대문을 열자 파란빛과 빨간빛은 족쇄를 풀었다는 듯이 광기 어린 모습으로 눈가를 괴롭혔다. 경찰차였다. 경찰? 이 평화로운 집 안에 나를 제외하면 경찰이 찾을 사람은 없는데. 예희 아빠가 신고한 걸까? 시내를 돌아다니는 내 모습이 시시티브이에 찍혀 아빠가 그걸 보고 나를 쫓아온 걸까? 아니면 가방 안에 있던 스마트폰이 나도 모르는 새 켜져 위치 추적을 당한 걸까? 관자놀이부터 정수리 그리고 뒤통수가 텅 빈 느낌이었다. 불안감에 침을 삼켰지만 넘어가지 않고 목 언저리에 남아 있는 것 같았다. 예희 엄마가 의아한 표정으로 경찰에게 다가갔다. 희미하게 "무슨 일이세요?"라는 말이 들리자마자 파란 대문이 좀 더 활짝 열렸고 그곳에는 아빠가 서 있었다. 나는 바로 예희 뒤로 몸을 숨겼다. 이번에는 정말 숨조차 쉬어지지 않았다. 어찌할 줄 몰라 허리께에 놓은 두 손과 메마른 입술, 바닥을 향한 눈동자까지 모두 떨리고 있었다. 나는 울렁이는 두 눈으로 예희를 바라보았다. 예희는 입술을 벌리고 넋이 나간 얼굴로 나를 바라보았다. 다시금 앳된, 언제나처럼 맑고 순수한 얼굴이었다.

나는 결국 손을 몇번 바르작거리기만 하다가 뛰쳐나갔다. 눈앞에는 새하얀 예희 방과 큰 창문을 연 마당과 연결된 거실 그리고 노란 가로등 불빛 아래의 평상이 천천히 지나갔다. 어떻게 신발을 신고 나갔는지 기억할 수 없었지만 풍경만은 선명했다. 연습이라도 한 것처럼 예희 엄마와 경찰 그리고 아빠 사이를 빠르게 빠져나갔다. 파란 대문을 나서고 계단을 내려가는 순간 무언가를 밟아 삐끗했다. 뒤를 돌아보자 짓눌린 민들레꽃이 처참하게 노란 자국을 남겼다.

그리고 무작정 달렸다. 달리고 또 달렸다. 반딧불이들이 얼굴을 간지럽혔고, 구겨 신은 신발 아래 아스팔트의 온도가 어느 날처럼 시원했다. 뜨거운 여름 바람이 눈가를 스쳤고, 길가를 비추던 파란빛과 빨간빛은 바래져 갔다. 등 뒤로는 내 이름을 부르는 목소리가 계속해서 울렸다.

"성연아! 성연아! 성연아!"

나를 덮치다 못해 삼켜 버릴 것 같은 그 목소리. 그것 하나로 지난날의 기억은 피어올랐고 끔찍한 현실은 눈앞으로 다가왔다. 양옆에 논이 펼쳐진 시멘트 길은 어디서 끝날지 몰랐고, 일정하게 놓인 가로등 빛은 나를 자꾸만 무대에 올렸다 내려놓았다. 아빠 눈의 나는 보였다 사라지기를 반복하고 있을 테다. 멈출 수 없다. 이번만은 잡히기 싫었다. 목젖이 울렁거리는 것이 숨이 차서 그런 건지 울음을 참느라 그런 건지 알 수 없었다.

'뭘 할 수 있지?'

이내 시멘트 길 끝으로 산으로 향하는 좁은 길이 보이자 머릿속에는 한 가지 생각만이 채워졌다.

'깎아지른 절벽과 이어진 외딴길, 무언가가 가로막은 풍경……. 저 외딴길 끝에 절벽만 있다면, 무언가가 나를 막고 있다면…….'

나는 계속해서 바라고 또 바랐고 좁은 길을 향해 뛰어갔다. 뭉툭한 산길을 뛰다 보니 자꾸만 돌을 헛디뎌 미끄러졌다. 길

끝에 모퉁이를 돌아 숨을 골랐다. 무심코 짚은 돌의 촉감이 딱딱하고 또 차가웠다. 헉헉거리는 숨소리 끝의 갈라짐 사이로 피 맛이 목을 할퀴었다. 모퉁이 너머의 풍경은 누군가 빛을 모두 치워 버린 것처럼 아무것도 보이지 않았다. 눈꺼풀을 몇 번이나 깜빡이고서야 이곳이 넓은 절벽 위라는 것을 알 수 있었다. 건너편에는 무섭게 깎아지른 절벽이 아래에 협곡이 있을 거라는 상상을 하게 만들었다.

꿈같은 희망도 잠시, 아득했던 발걸음 소리가 점점 가까워졌다. 무서웠다. 나는 절망인지 침인지 알 수 없는 것을 삼키고 또 삼켰다. 깎아지른 절벽이 보인다. 외딴 시멘트 길 끝에 있는 모퉁이를 돌았다. 암흑 같은 하늘이 나를 가로막고 있었다.

'그 아래에는 계곡이 흐른다.'

물소리가 들리는가? 아니면 매미 소리라도? 귀를 기울였지만 쿵쾅거리는 심장 소리와 거친 숨소리만 들리는 탓에 알 수 없었다. 절벽 아래를 보려 해도 머리가 핑 도는 현기증이 내 몸을 힘껏 안고 있는 기분이었다. 그때 누군가의 목소리가 귀에 들렸다.

'부추밭이 있었잖아.'

예희야, 부추밭이 보이니? 나는 어느새 버릇처럼 예희를 찾았지만 곁에 아무도 없음을 깨닫자 걷잡을 수 없이 두려워졌다.

'깎아지른 절벽 뒤로 이어진 좁고 외로운 길. 산인지 절벽인지 모를 풍경 너머에 밝은 빛이 빛나고 그 아래에는 부추밭과 계곡이 펼쳐져 있다.'

겨우 몸을 끌어당겨 아래를 내려다보았지만, 역시나 어디가 땅이고 허공인지 알 수 없었다. 나를 끌어당기는 무시무시한 중력에 비틀거렸다. 발이라도 헛디딘다면 떨어질 것이다. 순간 두려운 기분에 황급히 뒷걸음치다 엉덩방아를 찧어 버렸다. 아픔을 느낄 새도 없이 뒤에서는 "성연아!" 하는 목소리가 점점 다가왔다. 나는 여전히 표류하고 있었다. 학교도 집에도 가지 못하고 놀이터에 있던 것처럼, 언제나 같은 모습이었다.

겨우 힘을 주어 땅을 딛고 몸을 일으켰다. 덜덜, 떨리는 손 위로 팔뚝의 흉터가 보였다. 흉터에 손을 갖다 대 손톱으로 흉터 사이사이 길을 따라 그렸다. 온 세상이 팽이처럼 또 오뚜기처럼 수평선이 파도치듯 흔들린다. 불빛 하나 없는 깜깜한 여름밤이었다.

"제발 한 번만 더…… 한 번만 더……."

하늘을 바라보며 두리번거리는 것도 잠시, 정신을 차리려 두 눈을 부릅떴다. 절벽 아래 푸른색의 길쭉길쭉한 식물이 모여 있었다. 어둡고 아득한 시야 탓에 잘 보이지 않아 잔디 같기도 했다. 크게 숨을 들이마시고 향을 맡았다. 차가운 여름밤의 향취가 폐까지 가득 들어찼다. 부추 향이 무엇인지는 모르겠지만 나는 확신할 수 있었다. 지금 내 발밑에 있는 것은 부추밭이라고. 지금 파란 대문 안에 남겨져 있을 예희든, 나의 머릿속에 있는 예희든, 나는 예희에게 말했다.

'예희야, 부추밭이 있더라.'

어느새 그렁그렁해진 왼쪽 눈에서 눈물이 툭, 하고 떨어졌다. 지금 내가 보는 이 광경을 말하면 누가 믿어 줄까? 우리의 흉터와 기억과 외계인을.

'예희야, 우리 둘 다 지독히도 외로웠구나.'

파도처럼 쏟아져 나오는 매미 소리가 나를 덮치자 나는 명한 기분으로 쏟아져 나오는 눈물을 만끽했다. 항상 그리워했던 그날보다, 계곡에서 만난 폭포보다, 살면서 들었던 것 중에서 가장 큰 물줄기 소리가 흘러나왔다.

"성연아!"

바로 뒤에 있는 듯, 누군지 알 수 없을 목소리가 귓가에 선명히 들렸고 나는 뒤를 돌아보는 대신 전에 본 풍경을 찾아 두리번거렸다.

"제발 한 번만 더, 한 번만 더…… 데려가 줘……."

하늘은 아무 말 없이 나를 바라보았고 영원히 꺼지지 않을 것 같은 불빛 하나만이 번쩍였다.

오늘은 오늘의 하루

2024 교보문고 스토리대상 청소년 단편 수상작품집

초판 1쇄 발행 2024년 9월 12일
초판 2쇄 발행 2024년 11월 18일

지은이 조찬희 온하나 송한별 조웅연 김민솔
펴낸이 안병현 김상훈
본부장 이승은 총괄 박동옥 편집장 박윤희
책임편집 김보성
마케팅 신대섭 배태욱 김수연 김하은 제작 조화연
2차저작권 문의 문주영

펴낸곳 주식회사 교보문고
등록 제406-2008-000090호(2008년 12월 5일)
주소 경기도 파주시 문발로 249
전화 대표전화 1544-1900 주문 02)3156-3665 팩스 0502)987-5725

ISBN 979-11-7061-183-7 (43810)
책값은 표지에 있습니다.